À votre santé, Monsieur Parpot !

Du même auteur

Signé Parpot, Climats, 1994 ; Pocket, 2000.
Un amour de Parpot, Climats, 1996 ; Pocket, 2000.
Côté jardin, Climats, 1998 ; Pocket, 2002.
Les Ombres d'Hannah, Climats, 1999 ; Pocket, 2002.
L'Insoluble problème de la présence sur terre, Climats, 2000.
Survivance, Climats, 2002.
Parpot le bienheureux, Climats, 2004 ; Pocket, 2006.
Givrée, Flammarion, 2006 ; J'ai Lu, 2009.
Notre seconde vie, Flammarion, 2007.
Rivesaltes : Un camp en France, Éditions de la Louve, 2008.
Je vous raconterai, Flammarion, 2009.
Tout va pour le mieux, Flammarion, « Étonantissimes », 2012.
Place de la Trinité, Flammarion, 2012.

Alain Monnier

À votre santé, Monsieur Parpot !

roman

Flammarion

ISBN : 978-2-0813-3300-0

Aux 29 856 nominés de l'année

Barthélémy Parpot
27 rue Bayard (sauf le mardi et le mercredi)
31000 Toulouse

À Madame Anna Klodzineski
Laboratoire d'oncologie – GK Corp.
Parc Scientifique Jean Jaurès
31130 Balma cedex

Toulouse le 15 mai 2013

Madame,

Je suis seul et je vis modestement dans un petit appartement depuis de nombreuses années grâce au RMI et à mes gentils voisins du dessous à qui j'essaie souvent de rendre service quand je peux. Je me permets de vous écrire parce qu'il paraît que votre laboratoire est très important dans la recherche contre le cancer et que justement j'ai le cancer, celui de l'estomac bien que j'aie jamais fumé de ma vie, ou alors à vingt ans pour faire comme les autres et séduire les jolies filles mais ça n'a pas marché vu que je suis toujours seul. Je tiens d'ailleurs à vous dire que la solitude est aussi une maladie douloureuse même si on en parle moins et qu'elle n'est pas remboursée par la Sécurité sociale.

Demain je fais la chimiothérapie à l'hôpital comme tous les mardis et mercredis, avec de jolies infirmières qui sont très dévouées et qui s'occupent bien de moi malgré tout le travail qu'elles ont et tout ce qu'elles voient de triste durant la journée. C'est elles qui m'ont dit que votre laboratoire fabriquait de bons remèdes qui soignent mais je voudrais vous dire que des fois ils donnent envie de vomir très fort, avec les ongles qui démangent et le mal de tête aussi. C'est normal d'avoir mal quand on est malade, mais si vous pouviez faire que ça gêne moins, ce serait bien parce que pour une fois que j'ai la télévision dans ma chambre comme tout le monde, je voudrais bien pouvoir en profiter sans avoir l'estomac retourné et la tête en vrac. Il paraît aussi que vous préparez de nouveaux médicaments pour le cancer, et c'est une bonne chose car on est nombreux à avoir le cancer. D'après René de la salle d'attente qui sait tout grâce à Google, il y aurait eu 29 856 morts l'an dernier et ça pourrait bien être pareil cette année, et c'est pour ça que vous devriez vraiment faire vite. Si vous êtes trop occupée à la maison, je peux venir vous faire les courses, aller chercher vos enfants à l'école, et passer l'aspirateur, sauf le mardi et le mercredi parce que j'ai chimio, et si vous n'êtes pas trop difficile avec la poussière parce qu'il y en a qui font toujours des histoires avec la poussière.

Je tiens à vous dire que je ne connais pas les 29 856 malades de Google et que j'en parle comme ça. De toute façon je n'ai jamais eu d'amis même si j'aurais bien aimé, et c'est trop tard maintenant, car les gens ne deviennent pas amis avec les malades du cancer vu qu'ils n'ont pas envie de parler de tout ça et qu'il leur faudrait en plus aller à l'enterrement.

Personne n'a envie d'aller au cimetière. À ce sujet je veux aussi vous dire que si vous avez le nouveau médicament qui sauve et qui empêche le cimetière, je veux bien l'essayer même s'il n'est pas tout à fait fini parce que je vous fais confiance et que je sais que vous travaillez avec sérieux et application. D'ailleurs vous avez un nom qui fait savant et sérieux. Docteur Klodzineski ça donne confiance. Anna un peu moins, mais c'est très joli et ça met du baume au cœur des malades de penser que c'est grâce à Anna qu'on va être sauvé d'autant qu'il y a Klodzineski qui bosse derrière.

Dans l'attente de mon triste avenir, je vous prie de bien vouloir recevoir, Madame, l'expression de mon espérance empressée.

Barthélémy Parpot

Barthélémy Parpot
27 rue Bayard (sauf le mardi et le mercredi)
31000 Toulouse

À Madame Anna Klodzineski
Laboratoire d'oncologie – GK Corp.
Parc Scientifique Jean Jaurès
31130 Balma cedex

Le 17 mai 2013

Madame,

Je vous écris encore parce que dans ma lettre d'hier je vous ai dit que je ne fumais pas mais je tiens aussi à préciser que je ne bois pas, que je ne fais pas l'amour, que je mange à peine et que je ne comprends pas pourquoi c'est moi le tiré-au-sort. À mon avis il y en avait d'autres qui le méritaient davantage, mais puisque c'est tombé sur moi, je vais vous dire des choses de ma vie qui pourraient aider vos recherches.

Mon père est mort quand j'étais petit dans un accident de wagon qui n'avait rien à voir avec le cancer mais plutôt avec une grosse bêtise de son collègue qui picolait beaucoup. Ma mère n'a pas porté plainte parce qu'entre camarades de la CGT ça ne se faisait pas et que la solidarité des cheminots ce n'est pas rien. D'ailleurs la SNCF lui a donné une jolie pension et les billets de train gratuits jusqu'à la fin de sa vie. Ma mère est morte à soixante-et-onze ans du cancer du cerveau alors que personne ne s'y attendait vu qu'elle n'était pas du genre intellectuel à lire des livres compliqués et à regarder des films fatigants.

Moi je n'ai pas eu de chance avec le travail ni avec l'amour puisque je n'ai pas pu en trouver et que maintenant c'est trop tard. J'ai aimé une femme qui s'appelait Claudine mais qui ne m'aimait pas ce qui arrive parfois. Surtout à moi. Puis je me suis occupé d'une handicapée qui s'appelait Elsa, mais c'était compliqué et elle n'a pas voulu rester. J'ai alors essayé de croire en Dieu, et j'ai rencontré une sœur polonaise qui était novice et très charitable, mais ça m'est monté à la tête. Je me suis mis à discuter avec mon Créateur et à me prendre pour un saint, et ça a mal fini. On m'a enfermé dans un hôpital psychiatrique ce qui n'est pas drôle. Heureusement les médicaments m'ont vite ramené à ma vraie vie de rien du tout.

Avec tout ça je me rends compte que j'aurai fait l'amour sept fois dans toute ma vie, ce qui n'est pas beaucoup. C'est un peu triste sept fois. C'est comme les sept péchés capitaux ou les sept merveilles du monde ou les sept façons de faire les crêpes. L'avantage c'est que je me rappelle parfaitement bien de chacune des sept fois, et que je les connais par cœur à force de me les raconter. C'est sûr que ceux qui ont fait ça toutes les semaines, ils ne peuvent pas s'en rappeler comme moi et ça doit les rendre bien tristes de ne pas pouvoir se rappeler de chacune des fois où ils ont fait l'amour dans leur vie.

En fait ce n'est pas que je veuille vous supplier à genoux, mais si vous arriviez à soigner le cancer ça me permettrait peut-être de rencontrer une femme divorcée qui en aurait assez des grosses automobiles et des menteurs et qui accepterait de vivre avec moi pendant trois ou quatre mois. Ou même sept ou huit si j'obtenais une longue révision. Ça me permettrait de savoir comment est la tendresse de tous les jours. Par exemple quand on fait chauffer l'eau le matin pour deux personnes et pas que pour soi, ou quand on se dit « bonne nuit » le soir avant de s'endormir en posant la main sur une autre hanche que la sienne. Ce seraient des choses toutes simples parce qu'après un cancer on ne peut pas être dans l'insouciance avec les jambes en l'air comme à vingt ans.

Je vais arrêter ma lettre parce que je ne veux pas retarder votre recherche du remède qui sauve, et aussi parce que je suis fatigué car le cancer ça fatigue. De toute façon, quand on est malade, on n'est pas comme quand on n'est pas malade.

Je me permettrai de vous écrire encore mais ce n'est pas grave si vous ne me répondez pas, même si je préférerais que vous me répondiez, mais je comprends que vous ne pouvez pas tout faire et la recherche passe avant, surtout pour les 29 856 condamnés de cette nouvelle année.

Je vous prie, chère Madame Anna Klodzineski, de recevoir l'expression de mon attente empressée.

Barthélémy Parpot

PS : René et Rémi se joignent à moi concernant l'attente empressée.

CRAC
Centre Régional Anti-Cancer
Laboratoire d'Analyse
Service UP 56

Barthélémy Parpot
15906-34032-027-96
Dossier AG-605-M-178

18 mai 2013

BILAN

Hb	stable
Leucocytes	faible
Poly Neutro	stable
Marqueur CA 72-4	stable
Marqueur ACE	stable

État stable.
Taux de neutro à surveiller.
Stopper le traitement si neutropénie < 2000
Tolérance correcte du traitement (Vinastine)

Barthélémy Parpot
27 rue Bayard (sauf le mardi et le mercredi)
31000 Toulouse

À Madame Annette Ledur
Assistante sociale
Antenne CPAM
12 place Belfort – 31000 Toulouse

Toulouse le 20 mai 2013

Chère Madame Annette de la Sécurité sociale,

Je souhaitais encore vous remercier pour tout ce que vous avez fait pour moi depuis que je suis malade et surtout pour les formulaires et les papiers de prise en charge que vous m'avez adressés, et aussi bien sûr pour tous ces remèdes très chers qui sont gratuits.

Il faut dire qu'on vit dans un beau pays qui vous soigne quand vous êtes malade et que ce n'est pas rien surtout pour les petites gens comme moi. Comme dit René, il faudrait que les gens qui râlent contre la France aillent voir un peu ailleurs comment c'est en Algérie ou aux États-Unis quand on a le cancer. Il a raison car on oublie trop combien la Sécurité sociale est bienveillante pour les gens qui ont le cancer et qu'on appelle les cancéreux. C'est un mot qui n'est pas joli car il fait penser à lépreux, sauf que les cancéreux ne sont pas contagieux, mais il n'empêche que ça fait peur aux gens quand on dit qu'on l'est. La Sécurité sociale prend en charge les cancéreux alors qu'elle pourrait aussi bien les laisser tomber dans le caniveau. En plus elle le fait discrètement sans le dire à personne et sans vous obliger à porter une étoile de cancéreux.

J'imagine que vous devez être fière le soir en rentrant chez vous, de faire le bien autour de vous comme sœur Emmanuelle en Inde, sauf que vous c'est à Toulouse et à la Sécurité sociale, mais finalement c'est pareil. Moi aussi j'aurais aimé travailler dans un bel établissement national comme la SNCF ou la Sécurité sociale mais ça n'a pas été possible. Aujourd'hui je me permets de vous écrire, pour faire appel à vos bons conseils parce que plusieurs malades de la salle d'attente, comme René ou Rémi, m'ont proposé de me joindre à un groupe de parole qui a lieu tous les vendredis à l'hôpital pour les cancéreux. Je me demande si c'est bien de parler du cancer ou s'il ne vaut pas mieux se taire et faire celui qui n'est pas là, d'autant que ça peut être dangereux pour le moral de raconter tout ça, et le moral comme dit le cancérologue, c'est la moitié de la guérison. L'autre moitié il ne dit pas ce que c'est.

Je serais aussi tenté par la cellule de soutien psychologique, mais ça tombe en même temps et c'est à l'autre bout du bâtiment. À la télévision et à la radio, on entend aussi beaucoup parler du Développement Durable qui doit être aussi une belle chose avec des démarches et des initiatives, sauf qu'ici au Centre Régional Anti-Cancer, il n'y a aucun club en faveur du Développement Durable alors que ce serait pourtant l'endroit où on en aurait vraiment besoin.

Il y a aussi une dame de l'AMDD, ou de l'ADMD qui vient voir mon autre voisin de chambre et une fois je lui ai demandé de m'expliquer ce qu'elle faisait, mais elle n'avait pas le temps. Elle m'a promis de venir me voir mardi prochain. Elle est blonde, très soignée et bien habillée avec un collier par ci et un foulard par là et elle sent toujours bon, des fois elle a une jupe noire un peu moulante qui laisse à penser qu'elle a un bien joli derrière ce qui me donne envie de savoir ce qu'est l'ADMD ou l'AMDD.

En vérité, je suis un peu perdu dans toutes ces possibilités, et c'est pourquoi j'attends avec impatience vos précieux conseils que je vais bien suivre à la lettre comme il se doit.

Je vous prie de bien vouloir agréer, chère Madame Annette, l'expression de mes sentiments distingués que je vous prie de bien vouloir transmettre à toute la Sécurité sociale.

Barthélémy Parpot

Madame Annette Ledur
Assistante sociale
CPAM
12 Place Belfort – 31000 Toulouse

Barthélémy Parpot
27 rue Bayard
31000 Toulouse

Le 25.05.13

Monsieur,

C'est la sixième lettre de remerciements que vous m'envoyez en un mois, et comme je vous l'ai déjà dit, je ne peux pas passer mon temps à vous répondre car j'ai de très nombreux dossiers à suivre.

Je devine qu'écrire est pour vous une forme de thérapie, c'est bien, mais puis-je vous suggérer une expérience nouvelle qui consisterait à vous écrire à vous-même ? Cela n'aurait rien à voir avec l'idée du journal intime un peu dépassée, mais vous recevriez ainsi avec un décalage de quelques jours vos propres idées ce qui doit être déconcertant. En outre en vous répondant, vous écririez à nouveau et vous feriez ainsi d'une pierre deux coups. Réfléchissez-y !

Pour ce qui concerne le groupe de parole, je trouve que c'est une excellente idée. Cela n'a rien de dangereux pour vous. Pour les autres je ne sais pas ! Je plaisante évidemment. Quant à la dame de l'ADMD, s'il s'agit bien comme je le devine de l'Association pour le Droit de Mourir dans la Dignité, vous jugerez en discutant avec elle si la philosophie de cette association peut vous inspirer.

Pour ma part, et croyez que j'en suis désolée, je ne répondrai plus à vos lettres sauf si mon intervention sur le volet purement administratif de votre dossier l'exige.

Recevez, Monsieur, mes cordiales salutations.

Annette Ledur

Barthélémy Parpot
27 rue Bayard (sauf le mardi et le mercredi)
31000 Toulouse

À Madame Anna Klodzineski
Laboratoire d'oncologie – GK Corp.
Parc Scientifique Jean Jaurès
31130 Balma cedex

Le 31 mai 2013

Madame,

Je ne voudrais pas vous déranger encore, mais je me permets d'insister pour vous dire combien votre travail de chercheuse est important. D'ailleurs j'espère que vous êtes dans un joli bureau avec de grandes fenêtres, et dans de bonnes conditions à durée indéterminée. C'est important d'être bien installé si on veut réussir ce qu'on attend de vous. Moi personne n'a jamais rien attendu de moi bien que je sois comptable de niveau bac, mais ce n'est évidemment pas pour ça que je vous écris.

Je voulais vous dire que René a compté le nombre de vivants qui sont nés sur terre depuis toujours. Il a regardé sur Gougueule comme il dit et il a lu des articles de chercheurs qui disent des chiffres avec plein de précautions car ce n'est pas sûr. Ils font des hypothèses et des hésitations car ce sont de vrais chercheurs et pas des économistes qui aiment parler à la télévision. Donc il y aurait environ trois mille milliards d'humains qui sont nés sur terre depuis que ça a commencé, et comme il a trouvé des statistiques sur le cancer et l'échelle des âges d'avant, René pense que mille deux cents milliards d'humains sont morts du cancer depuis que l'homme existe, ce qui fait beaucoup alors qu'on croit que c'est la guerre et la peste qui ont ravagé l'humanité. Évidemment ce sont les chiffres de René qui n'est pas un chercheur comme vous mais plutôt un râleur comme il y en plein dans les bistrots. Il n'empêche qu'il faut vraiment faire quelque chose car ça peut plus durer.

René, il dit aussi que je devrais me mettre sur les réseaux sociaux pour avoir des amis et pour être dans des groupes qui ont le cancer. Moi j'aimerais bien avoir des amis vu que j'en ai jamais eu, mais avoir des amis qui ont le cancer et qui sont comme René à parler que de ça, je n'ai pas trop envie. Et puis je ne sais pas me servir des ordinateurs et ça ne m'intéresse pas. Moi je veux voir des gens pour de vrai et je dois dire que depuis que j'ai le cancer ça va mieux de ce côté car je rencontre des infirmières, des docteurs, la dame de l'ADMD et les collègues du cancer comme moi. Comme quoi à quelque chose malheur est bon.

Je vais même vous faire une confidence. Pour moi, le cancer est presque comme une aubaine car pour une fois j'ai l'impression d'avoir la même chose que les autres et d'être traité comme tout le monde. Dans la salle d'attente il n'y a plus de différence entre les CDI et les CDD, c'est plutôt comme si tout le monde était en intérim. Il y a un chef d'entreprise, une coiffeuse, un banquier, un agent de la SNCF et même un acrobate de cirque, mais ils parlent jamais de leur travail ou de leurs vacances comme les autres gens. Eux ils ne parlent que de leur cancer, c'est un peu comme si leur vie avait été engloutie.

Je ne veux pas vous ennuyer davantage avec des histoires de famille qui ne vous intéressent pas, et je vous prie, chère Madame Anna Klodzineski, de recevoir l'expression de mon attente toujours aussi empressée.

Barthélémy Parpot

Anna Klodzineski
Laboratoire d'oncologie – GK Corp.
Parc Scientifique Jean Jaurès
31130 Balma cedex

Barthélémy Parpot
27 rue Bayard
31000 Toulouse

Le 3 juin 2013

Monsieur,

J'ai bien reçu vos touchantes lettres et je vous remercie de la confiance que vous portez au labo GK Corp. et à nos produits. Je me dois cependant de vous dire que la recherche n'est jamais l'œuvre d'une seule personne mais d'équipes qui échangent, communiquent, confrontent des résultats, des idées… à travers le monde. Il n'est donc pas raisonnable de vous en remettre à une personne, il faut plutôt avoir foi dans la communauté scientifique et prendre patience… Le cancer est une maladie compliquée pour laquelle on ne trouvera pas de remède miracle. On la connaît de mieux en mieux, mais bien des aspects nous échappent, notamment la question des récidives systématiques sur laquelle je travaille avec de nombreux collègues de par le monde. La nouvelle molécule dont vous avez entendu parler devrait cependant être moins agressive, et donc être mieux supportée par les malades. C'est ce que nous espérons.

Je vous souhaite de rassembler tout votre courage et toute votre volonté pour lutter et vaincre votre maladie.

Bien à vous,

Anna Klodzineski

Compte rendu du groupe de parole n° 24 du 07.06.2013 :

Séverine Chaudron, psychologue diplômée de l'École de Brive.

<u>Étaient présents :</u>
René Daugier, Daniel Frogier, Rémi Labarthe, Barthélémy Parpot, Solange Raynac, Lola Campardou, Eugénie de Saint-Mont, Paul Zuberski

<u>Introduction de deux nouveaux participants :</u>
Barthélémy Parpot, atteint d'un cancer de l'estomac, sans emploi depuis des années, célibataire.
Il vient chercher dans le groupe des moments d'amitié pour se sentir moins seul.
Élocution difficile mais bavard. Énorme besoin de contacts. Lenteur d'esprit et compréhension des problèmes parfois assez approximative.
Solange Raynac, atteinte d'un double cancer du sein, agent commercial, mariée deux enfants.
Elle vient pour l'échange d'expérience sur la maladie.
Dynamique, vive, battante.
S'est imposée d'emblée comme un élément positif pour le groupe.

<u>Tour de table :</u>
Expression classique des participants, avec deux instants délicats :
Daniel Frogier craque et fait part des souffrances terribles qu'il éprouve la nuit et que les médecins n'arrivent

plus à soulager. Il s'emporte contre les fournisseurs de produits phytosanitaires aux agriculteurs et notamment contre la firme Monsanto qu'il rend responsable de son cancer.
Paul fait une déclaration morbide sur le cancer du pancréas. Il tire le groupe vers le bas.
Je dois l'interrompre, de la même manière que je dois interrompre chaque semaine René Daugier qui se sert du groupe comme d'une tribune personnelle.

Le débat du jour sur le « Cancer citoyen » :
Le débat s'engage mal et tourne court.
Il est rapidement détourné par le mauvais esprit de Rémi Labarthe qui, avec des mots grossiers, s'en prend au choix du thème du jour. Je m'efforce de positiver et d'expliquer que, quelles que soient les circonstances, nous sommes des citoyens et que notre démarche est utile à tous. Rémi s'en prend alors à moi, en employant des mots vexatoires, je cite, « la grouillasse citoyenne, elle pourrait pas réfléchir de temps en temps avant de l'ouvrir ». René en rajoute en disant que je suis la reine des sujets débiles et Rémi ose demander à la cantonade, je cite, « si mon cul est citoyen ». Je suis consternée. Le niveau de ces crétins est sidérant. Je suis plus atterrée que furieuse. On ne peut vraiment pas avancer avec ces vieux réacs. C'est exaspérant. Ils empêchent la libre expression des autres membres du groupe.
Eugénie de Saint-Mont, qui comme à son habitude n'a pas prononcé une parole, est à son tour apostrophée par Rémi : « Et la comtesse, elle a rien à dire sur le cancer citoyen ? ». Elle se tourne lentement vers lui et hausse

les épaules avec beaucoup de classe. Rémi en est soudain gêné. Quel pauvre type ! Et René n'est pas mieux. À la fin de la séance, j'ai vu que Barthélémy Parpot allait discuter avec la comtesse.

Paul et Solange ont assez peu parlé. Le sujet ne semblait pas les intéresser ! Je me demande ce qui leur faut ! Solange a même dit qu'elle n'avait rien à dire sur un tel sujet… C'est assez incroyable. Comment quelqu'un qui a un cancer pourrait-il ne rien avoir à dire sur « le cancer citoyen » ?

Faits marquants et/ou signifiants :

L'agressivité de Rémi et de René perturbe le groupe : je demanderai leur exclusion dès que de nouveaux participants s'inscriront et me permettront de préserver le seuil minimum de sept inscrits exigé par la CRAM.

La comtesse s'est entretenue avec un membre du groupe pour la première fois en trois mois. Il s'agit certes d'un simple aparté et non d'une vraie intervention mais c'est assurément un premier pas très important d'autant que leur échange a duré plusieurs minutes.

Barthélémy Parpot
27 rue Bayard (sauf le mardi et le mercredi)
31000 Toulouse

À Madame Anna Klodzineski
Laboratoire d'oncologie – GK Corp.
Parc Scientifique Jean Jaurès
31130 Balma cedex

Le 11 juin 2013

Chère Madame,

Je vous remercie beaucoup d'avoir répondu à ma lettre malgré tout votre travail et je dirai combien vous êtes aimable et gentille chaque fois que je pourrai ce qui est bien normal. Vous me dites que vous êtes nombreux à chercher ensemble et ça me plaît bien, parce que dans le monde c'est toujours chacun pour soi (même chez les Trois Mousquetaires comme on l'apprend vingt ans après) mais je ne peux pas non plus écrire à tout le monde et je préfère m'adresser à vous seule parce que vous êtes une bonne personne et que vous allez évidemment faire la molécule dont vous m'avez parlé. Je ne sais pas bien ce que c'est une molécule mais l'important c'est que vous la fassiez. En revanche vous ne devriez pas dire que tous les cancers recommencent car ça ne donne pas le moral et surtout ne pas le dire à Google qui répète tout de travers et à tout le monde. Moi je me suis bien gardé de le dire à René qui s'énerve vite.

À ce sujet René m'a dit que mon remède du mardi, qui est la Vinastine, était de la giroflée de Bombay. J'en suis très content parce que c'était la fleur préférée de ma maman quand elle vivait. Elle en mettait partout dans les jardinières mais c'était de la giroflée de Béziers, ce qui doit être à peu près pareil. Je voulais vous dire que ma maman plantait toujours des iris à côté des giroflées. Je ne sais pas si ça peut vous aider, mais je me dis qu'il faut explorer toutes les pistes comme ils disent à la télévision. D'ailleurs si ça peut faire gagner du temps, je peux me préparer des infusions d'iris tous les soirs et vous dire si ça me fait du bien.

Je voudrais aussi vous demander une immense faveur qui serait que vous m'envoyiez une photo de vous, même petite de photomaton mais en couleur si possible. Comme ça je pourrais vous regarder le soir et ça me rassurerait, vu que je suis seul, sans parent et sans épouse pour la vie, et évidemment sans enfant puisque ça sert à rien de faire des enfants si on n'a pas une épouse pour la vie. Je sais que ça peut être un peu gênant de donner sa photo au premier venu surtout quand on est marié mais je vous promets que je ne m'en vanterai pas auprès des autres malades. Ce sera juste pour moi quand j'aurai les vomissements et les démangeaisons de la chimio, je vous regarderai et je me dirai que vous êtes en train de vous dépêcher pour que ça passe.

En espérant ne pas vous avoir contrariée avec ma demande, je vous prie de bien vouloir croire, chère Madame, à l'expression de ma respectueuse impatience.

Barthélémy Parpot

CRAC
Centre Régional Anti-Cancer
Laboratoire d'Analyse
Service UP 56

Barthélémy Parpot
15906-34032-027-96
Dossier AG-605-M-178

16 juin 2013

BILAN

Hb	stable
Leucocytes	faible
Poly Neutro	faible
Marqueur CA 72-4	en forte augmentation
Marqueur ACE	stable

Mauvais taux de CA 72-A (voir détail page 2).
Risque d'extension gastrique.

CRAC
Centre Régional Anti-Cancer
Hôpital Rangueil
Service UP 56

À l'attention de Monsieur Barthélémy Parpot

Nous vous confirmons que votre rendez-vous du vendredi 12 juillet 2013 a été avancé, à la demande du Professeur Bourdieu, au lundi 19 juin à 7 h 30

Le secrétariat

Barthélémy Parpot
27 rue Bayard
31000 Toulouse

À Barthélémy Parpot
27 rue Bayard
31000 Toulouse

Le 18 juin 2013

Cher moi-même,

Ça fait un peu idiot de s'écrire à soi-même, mais je veux bien essayer vu que c'est Madame Annette qui me l'a conseillé, et en plus j'ai demandé à Séverine du groupe de parole qui est psychologue diplômée de l'École de Brive et qui m'a dit qu'il ne fallait pas hésiter à essayer de nouvelles stratégies. Et puis peut-être que c'est bien de recevoir une lettre qui vous dit ce que vous pensiez il y a trois jours, car parfois on peut ne pas s'en rappeler ou ne plus être de son même avis.

Donc je voulais me dire que ça ne va pas fort, comme je le sais déjà, mais que les gens sont gentils avec moi, et que finalement entre le médecin, les infirmières, les malades de la salle d'attente, mes colocs de chimio, la psychologue diplômée Séverine, ceux du groupe de parole, et aussi la dame de l'ADMD, j'ai jamais eu autant de personnes amicales autour de moi. Évidemment c'est dommage que toutes ces bonnes choses m'arrivent maintenant que je suis malade et que je ne peux pas en profiter comme les autres qui sortent et se donnent rendez-vous pour se retrouver quelque part.

L'ADMD, c'est l'association de ceux qui veulent avoir le droit de mourir comme ils veulent. Parce que mourir tout le monde y a droit, c'est même la chose qui est la plus égale sur terre, mais eux voudraient le faire quand ça leur va bien, ou plutôt quand ça ne va plus bien. En fait ils ne voudraient pas souffrir avant de mourir et garder la dignité. Moi je me demande s'il ne vaut mieux pas souffrir un peu pour partir sans regret, un peu comme il faut d'abord prendre cinq kilos pour avoir envie de faire le régime, mais je ne suis pas sûr. La dame elle insiste beaucoup sur la dignité ce qui est normal car elle est elle-même une dame très digne et très jolie. Même que des fois elle me parle du sénateur Caillavet et des consentements et des papiers contre l'acharnement, et moi je perds le fil de ses gentilles explications mais je pense à elle et à des choses avec elle où il faut aussi du consentement. Mais elle est très sérieuse et elle n'est pas du genre à qui on ose demander comme ça des choses qui ne se font pas parce qu'elle est très à cheval avec la dignité. Même si ce à quoi je pense n'est bien sûr pas indigne, quoique avec elle on ne sait pas. Elle a dit que l'adhésion à l'ADMD exigeait de la réflexion et une profonde détermination, moi je lui ai dit que je n'étais pas très fort pour savoir ce que je voulais. Elle m'a gentiment répondu sans se vexer « Alors il ne faut surtout pas adhérer ». Sauf que je voudrais bien la revoir et que je lui ai promis de faire un effort pour savoir ce que je voulais. Elle m'a souri et en se levant elle m'a caressé la main avec le bout de ses doigts qui sont très doux. Je lui ai demandé comment elle s'appelait, elle m'a demandé pourquoi, je lui ai dit que ce serait plus commode pour penser à elle. Elle m'a dit qu'elle s'appelait Sylviane. Je ne lui ai pas dit qu'elle devait avoir de jolies fesses, parce qu'elle aurait pu s'indigner alors que je voulais juste lui faire plaisir, et elle n'aurait plus caressé ma main du bout de ses doigts blancs.

Le jeudi et le vendredi comme je suis chez moi et que je m'ennuie un peu, vu qu'il n'y a personne et que je m'habitue bien à l'animation de l'hôpital avec les aides-soignantes qui entrent et qui sortent, les chariots dans les couloirs, les malades qui déambulent en tirant leur goutte-à-goutte suspendu à leur potence, et surtout les salles d'attente où les gens finissent par discuter. Alors le jeudi et le vendredi si je ne suis pas trop fatigué, je vais au cimetière assister aux enterrements pour m'habituer et comparer les cérémonies. Des fois je vais au crématorium. Je me glisse avec les familles, en général les gens me regardent en se demandant qui je suis, mais ils n'insistent pas car ils sont contents qu'il y ait une personne de plus. Je veux pas dire, mais il n'y a plus grand monde aux enterrements en ville. Ça intéresse moins les gens, et puis ils n'ont pas le temps à cause la vie qui va de plus en plus vite à ce qu'on dit. Une fois il y a un type qui s'est approché de moi avec un air méchant, il faut dire qu'ils étaient quatre, et que je n'étais pas passé inaperçu. C'est vous Raymond ? J'ai dit non, j'ai dit que je ne connaissais pas Raymond mais que si ça pouvait arranger que je me fasse passer pour Raymond, je voulais bien. Il s'est ravisé, il a haussé les épaules, il a ronchonné que ce connard de Raymond n'avait même pas eu les couilles de venir rendre hommage. Comme je me sentais presque de la famille vu que j'étais sur la même rangée, je lui ai demandé qui était Raymond, le type a encore haussé les épaules et c'est la petite qui m'a dit que c'était l'amant de sa maman.

Une autre fois, c'était dans un enterrement où tout le premier rang pleurait pour de bon, parce que des fois on voit bien que c'est du semblant, mais là c'était du vrai de vrai. Il y avait même l'un des porteurs du cercueil qui pleurait à chaudes larmes, même que je me suis dit que c'est dur de porter le cercueil d'un proche parent. À la fin je me suis trouvé près de ce brave employé des pompes funèbres et je lui ai demandé s'il s'agissait de quelqu'un de sa famille. Il m'a dit que non, qu'il avait eu cette place par Pôle Emploi deux semaines plus tôt et que comme il était très émotif il ne pouvait pas s'empêcher de pleurer quand il voyait des gens pleurer. Je lui ai dit qu'il avait tout de même de la chance parce que moi Pôle Emploi ne m'avait jamais proposé le moindre travail. Il m'a murmuré qu'il avait été pistonné, et j'ai dit qu'alors c'était bien normal.

Tout ça pour dire que dans les enterrements il se passe toujours des choses avec les gens. Je regrette de ne pas y avoir pensé plus tôt parce que les cimetières c'est un lieu de vie entre les gens qui se parlent, se regardent, se tapotent le dos et les épaules et se caressent les flancs comme je l'ai souvent remarqué. Moi d'ailleurs qui suis affectueux, au moment des remerciements j'aime bien serrer très fort dans mes bras les gens éplorés de la famille. Les hommes comme les femmes. En général ils ne s'y attendent pas et ils se laissent faire parce qu'ils croient que je suis un grand ami du défunt et que ça fait partie de la douleur. Je tiens à signaler que si vous essayez de faire pareil à la Poste ou sur le quai de la gare, ça ne marche pas, et c'est pour ça que le cimetière est un lieu de vie et de belle humanité ! Moi ça me fait du bien de serrer une personne contre moi, de sentir la tiédeur de son corps et de sa respiration. C'est de la bonne chaleur. Ça me rend moins seul et plus humain. Parce que l'humanité, ce n'est pas quelque chose qui se ressent quand on est seul dans sa chambre de 9 m². L'humanité c'est les autres. Seul on n'est rien du tout et je suis bien placé pour le savoir. Seul on est comme un poisson rouge dans un bocal, on tourne en rond et on voit le monde autour déformé et effrayant à cause du bocal.

Mais bon il faut que j'arrête. J'ai encore des choses à me raconter mais ça attendra la prochaine fois parce que maintenant je suis très fatigué à cause des effets secondaires qui peuvent parfois se porter sur les tendons. À l'hôpital, on ne donne pas la notice des effets secondaires mais René est allé voir au Forum de discussion. C'est un endroit de Google où des tas de gens qui n'en savent pas plus que les autres parlent ensemble. Il paraît que ça produit de l'intelligence collective un peu comme si deux et deux faisaient cinq. Moi je ne sais pas bien ce qu'il faut en penser, il me semble qu'un imbécile plus un imbécile ça fait deux imbéciles plutôt qu'un agrégé, mais René qui est syndicaliste FO dit que ça fonctionne pareil au Syndicat. Là il faut vraiment que je m'arrête car j'ai les doigts qui se rétractent.

Dans l'attente du plaisir de me lire, je me prie d'agréer, cher Barthélémy, ma considération dévouée.

Barthélémy Parpot

Anna Klodzineski
Laboratoire d'oncologie – GK Corp.
Parc Scientifique Jean Jaurès
31130 Balma cedex

À Barthélémy Parpot
27 rue Bayard
31000 Toulouse

Le 19 juin 2013

Monsieur,

La Vinastine est un excellent médicament et je travaille à un petit frère ou une petite sœur qui devrait avoir des effets secondaires moindres. Malheureusement quand nous attaquons les cellules malades nous atteignons aussi certaines cellules saines et cela crée les désagréments que vous citez. Continuez cependant car le bénéfice global est en votre faveur et viendra le jour où vous serez guéri… et ne vous en faites pas quant aux récidives, les rémissions sont longues, elles peuvent durer des dizaines d'années. Soyez confiant ! Je vous adresse cette photo pour me faire pardonner de vous avoir inquiété, mais surtout il est inutile de me remercier ou de continuer à m'écrire car je suis très occupée par mes recherches et que je n'aurai pas le temps de vous répondre.

Je vous souhaite bon courage ainsi qu'un rapide rétablissement.

Bien à vous,

Anna Klodzineski

PS : Pour ce qui est des iris, nous n'avons aucun axe de recherche les concernant et vous ne devez jamais expérimenter ni fabriquer de décoctions de quoi que ce soit. Les plantes sont à la base de notre pharmacopée, elles ont des pouvoirs puissants, bénéfiques ou maléfiques, qu'on ne soupçonne pas. Soyez très prudent.

Compte rendu du goupe de parole n° 25
du 20.06.2013 :

Séverine Chaudron, psychologue diplômée
de l'École de Brive.

Étaient présents :
René Daugier, Daniel Frogier, Rémi Labarthe, Barthélémy Parpot, Solange Raynac, Lola Campardou, Eugénie de Saint-Mont, Paul Zuberski

Arrivée – départ :
Aucune arrivée – Aucun départ
J'informe le groupe que j'ai reçu une nouvelle demande de participation.

Tour de table :
Expression classique des participants, avec pour la première fois l'expression d'un léger désarroi dans les propos de Solange qui a compris qu'elle ne coupera pas à l'ablation de ses deux seins.
René s'abstient pour une fois de nous servir son éternel chapelet de plaintes.
Barthélémy ne souhaite pas parler de sa maladie mais s'étonne qu'une femme aussi jeune que Lola soit parmi nous. Il trouve que ce n'est vraiment pas juste. Lola éclate en sanglot et je rappelle à Barthélémy que durant le tour de table on parle de soi ou on se tait.

Le débat du jour est « Le cancer pour tous »
Solange dit qu'on se moque bien que les autres aient ou n'aient pas le cancer. Le problème c'est quand on l'a soi !

Paul dit que, contrairement à la mort, le problème est le cancer de soi et non le cancer de l'Autre. Comme je ne vois pas à quoi il fait allusion, je l'encourage à s'expliquer. La mort de soi, dit-il, n'est pas forcément un problème alors que la mort de l'être aimé, de l'autre donc, est toujours scandaleuse. Cela me rappelle un cours de troisième année, mais je préfère ne pas insister pour ne pas perdre les autres membres du groupe, d'autant que René grommelle déjà qu'il aimerait bien que tout le monde ait le cancer. Daniel dit que le cancer est inhérent à toute forme de vie, que chacun porte le cancer en soi. Il ajoute que, silencieusement depuis le jour de notre naissance, au fil des agressions, des cellules mutent et, sans rien laisser paraître, démolissent et sapent notre bel édifice. Rémi en profite pour me lancer que je dois moi-même avoir des cellules en train de s'embrouiller et que bientôt dans quelques années je serai à leur place, en train d'écouter une pouffiasse pérorer sur n'importe quoi. Je me suis sentie doublement agressée et j'ai vivement réagi pour lui dire que son agressivité était intolérable, que je n'étais pas son bouc émissaire et aussi que je n'y étais pour rien s'il allait crever dans deux mois. Ça a jeté un froid. Je me suis immédiatement excusée. J'ai dit que mes paroles dépassaient mes pensées mais qu'on ne pouvait pas se servir de moi comme d'un punching-ball, et que si Rémi n'était pas content il pouvait quitter le groupe. Lola s'est alors énergiquement élevée, à la manière de l'adolescente qu'elle est encore, pour le défendre arguant que c'était une discrimination intolérable ! Qu'on n'avait pas le droit de faire du racisme entre les gens sympathiques et les gens antipathiques, pas plus qu'entre cancéreux et non-cancéreux, que nous étions tous, avec nos différences, citoyens du monde. Parpot juge utile d'ajouter qu'il ne faut pas non plus faire de détermination entre les célibataires et les mariés. Ni entre les débiles et les normaux, soupire Rémi tandis que René dit qu'on devrait en rester là. Finalement Rémi s'est calmé et le groupe est ressorti libéré par ce moment de crise. Moi-même j'ai pris sur moi pour retrouver ma neutralité de thérapeute.

<u>Faits marquants et/ou signifiants :</u>
Barthélémy Parpot et la comtesse sont partis ensemble : quand la comtesse s'est levée (péniblement car elle a tout de même 88 ans), Parpot s'est approché d'elle et lui a offert son bras, tel un chevalier servant. La comtesse l'a pris avec une désinvolture et un naturel sidérants. Cette femme a une classe extraordinaire, un port altier et une façon naturelle d'être raide comme une aiguille à tricoter. De fines rides trahissent son âge, mais ses grands yeux bleu clair l'effacent. Elle est comme ces vieilles actrices de cinéma qui ne semblent pas vieillir, comme Michèle Morgan par exemple, mais en plus chaleureuse et plus émouvante. Enfin l'important, c'est que la comtesse parle avec Parpot et qu'un espace singulier de parole se soit ouvert grâce à mes efforts, car je le rappelle, cette femme n'a pas prononcé la moindre parole en douze semaines de présence. Il est heureux de constater que ma persévérance a fini par payer.
Évidemment à côté d'elle, Parpot semble un plouc, mais cela n'a pas d'importance tant que l'on reste au sein du groupe de parole.

Barthélémy Parpot
27 rue Bayard (sauf le mardi et le mercredi)
31000 Toulouse

À Madame Anna Klodzineski
Laboratoire d'oncologie – GK Corp.
Parc Scientifique Jean Jaurès
31130 Balma cedex

Le 21 juin 2013

Très chère Madame,

Que je suis heureux de vous avoir sur ma table de chevet ! Je vous prends avec moi le mardi et le mercredi pour la chimiothérapie qui se passe beaucoup mieux depuis que vous êtes là à mes côtés dans le joli cadre doré que j'ai trouvé pour vous.

Malheureusement, le grand professeur trouve que mes taux de je ne sais pas quoi ne sont pas très bons et il n'a pas l'air content de moi, mais moi je lui dis de ne pas trop s'inquiéter car vous êtes là et que vous allez bientôt envoyer la molécule qui va tout arranger, mais il hausse les épaules sans doute parce qu'il est jaloux que ce soit une jolie femme comme vous qui arrange tout et pas lui. Moi je suis content que ce soit vous mais il faudrait quand même vous dépêcher. Mon voisin de chimio qui s'appelle René m'a dit que les Romains connaissaient le cancer, et que Hippocrate, celui du serment, en avait parlé… C'est pour dire que ça commence à faire longtemps qu'on cherche et qu'il faudrait maintenant trouver. D'un autre côté c'est bien d'avoir une maladie que Jules César ou Napoléon 1er ont eue plutôt que le sida qui est un truc à la mode, encore que je ne risque rien avec le sida vu qu'il faut faire l'amour pour ça et que ce n'est pas donné à tout le monde, surtout à moi.

Dans un livre de l'armoire de lecture de l'hôpital j'ai lu que Steve McQueen avait eu le cancer du poumon, Freud celui de la mâchoire, Mitterrand celui de la prostate, alors que Jean-Paul II n'a eu qu'un parkinson et que Paul Newman était juste daltonien ce qui n'est pas très glorieux pour un grand acteur comme lui ! Ce livre est très intéressant parce qu'on se sent moins seul et à la même enseigne avec les gens célèbres qui sont mortels comme nous.

Avec tout ça, j'allais oublier de vous dire que le grand professeur a décidé de me faire une petite opération qu'il appelle ablation et qui consiste à découper un petit morceau de mon estomac. D'après lui ce n'est pas grave et ça peut stopper la dissémination ou l'insémination, je ne sais plus.

Je n'ai pas osé lui dire que je ne voulais pas car ça l'aurait mis en colère. Mon cancérologue il croit que ma maladie est à lui et qu'il peut en faire ce qu'il veut. En fait il veut tuer mon cancer pour être content de lui et mettre une barre dans la colonne des guérisons, mais il n'a rien à faire de moi. Des fois je me demande s'il me voit ou s'il n'aperçoit qu'un tas de cellules qui se trémoussent sur la chaise en face de lui. Moi ça m'agace car mon cancer il est à moi, même si je préférerais qu'il soit à lui. La preuve c'est que c'est moi qui vais mourir avec et pas lui. À mon avis ça change tout. La dame de l'ADMD qui ne vient plus me voir dirait pareil j'en suis sûr.

J'ai fini par accepter l'ablation à condition d'être rétabli pour le 20 août qui est une date très importante sur laquelle je me suis engagé solennellement. J'en ai même profité pour ajouter qu'il fallait que je sois en forme le 20 août même si ensuite ça devait aller moins bien, vu que j'ai le cancer et que le cancer on sait bien que ce n'est pas comme un rhume qui finit par passer. Il m'a dit qu'il n'y avait pas de problème pour le 20 août, que je serais remis de l'opération, puis il a fait le sympa vu qu'il était content de pouvoir m'opérer et il m'a demandé ce que j'avais de si important le 20 août. À mon avis ça ne le regarde pas mais j'étais content qu'il me le demande et je lui ai répondu que je devais accompagner une comtesse pour une mission secrète. Il a souri pour la première fois en trois mois, et ça m'a donné le courage de lui dire que je voulais garder le petit bout de mon estomac qu'il allait couper. Il a repris son air fâché de d'habitude et il a dit qu'il verrait ce qu'il pourrait faire, mais moi j'ai insisté car c'est un bout de moi et je ne veux pas qu'on me mette à la poubelle comme ça. Je veux me respecter et je garde même au fond de ma poche les deux dents de sagesse qu'on m'a arrachées et qui étaient très mignonnes avec les trois petites racines roses translucides qui sanguinolaient un peu. Il a accepté avec un sourire méprisant. Il faut dire que je reconnais facilement les sourires méprisants parce que j'en ai beaucoup vu dans ma vie et qu'au bout du compte je les devine avant même de les voir.

Je vous raconte tout cela parce que je tiens beaucoup à vous et que je regarde souvent votre photographie qui est aussi précieuse pour moi que les images sacrées qu'on trouvait dans le café « Maurice » autrefois. J'ai mis à côté de vous deux petites bougies et une coupelle avec de l'encens. Avec tout ça, j'ai l'impression que vous me regardez tout le temps et que vous veillez sur moi, ce qui est assez normal puisque vous êtes chercheuse et que je suis tout de même un peu votre objet de recherche. À ce sujet, ce serait bien qu'en plus d'être chercheuse, vous soyez aussi un peu trouveuse même si j'ai bien sûr très envie de rester longtemps votre objet de recherche, mais bon il y a aussi les 29 856 autres qui s'impatientent. Surtout René et Rémi.

Dans l'attente, je vous adresse mes meilleures prières et je vous prie de croire, chère Madame, à l'expression de ma future reconnaissance.

Barthélémy Parpot

PS : Je vous dirai tout au sujet de la mission du 20 août car je ne veux rien vous cacher, mais pour l'instant je n'en sais rien. La comtesse est très mystérieuse, elle ne dit rien de sa vie, même quand on lui demande. Moi si j'avais une vie de comtesse il me semble que je la raconterai à tout le monde.

Barthélémy Parpot
27 rue Bayard
31000 Toulouse

À l'attention de Madame Marie-Pierre

Le 24 juin 2013

Madame,

Je me permets de vous faire passer cette lettre par Bibi, l'infirmière de jour du 4e étage, car c'est elle qui m'a conseillé de vous écrire. Elle m'a dit que vous étiez l'aumônière du dernier étage des soins palliatifs et que vous étiez très forte en problème de vie et surtout de mort. Et moi depuis quelque temps, j'ai peur de la mort.

Le jour ça va mais la nuit ça m'empêche de dormir, et au petit matin, à l'heure des condamnés à mort, c'est angoissant. Je sue à grosses gouttes et je m'étouffe. Quand j'entends des pas dans le couloir, je crois que c'est la Dame en noir comme l'appelait ma grand-mère qui va entrer, et le plus terrible c'est que je ne vais pas savoir quoi lui dire.

C'est compliqué l'idée de mourir et de ne plus être là demain avec les autres gens de l'humanité dont on a fait quand même un peu partie. J'ai peur de mourir mais en même temps je ne trouve pas ça embêtant. Je n'ai pas envie que le monde continue sans moi et en même temps souvent je n'ai pas envie de continuer avec lui parce qu'il me fatigue de plus en plus au fil des années qui passent. La mort c'est quelque chose qu'on comprend et qu'en même temps on ne comprend pas. C'est la chose la plus juste qui existe entre les hommes et en même temps celle qu'on trouve souvent injuste. En fait le problème de la mort c'est que c'est toujours en même temps quelque chose et son contraire, et qu'on n'arrive pas à y penser pour de bon parce qu'on ne sait pas comment c'est vraiment. On peut se raconter des histoires pour faire les intéressants, écrire des livres et réciter des homélies, mais le problème de la mort c'est qu'on n'en saura jamais rien, car quand on sera mort ce sera trop tard pour savoir.

Et puis je n'aime pas l'idée que mon corps s'abîme secrètement de l'intérieur et meure à petit feu. À ce sujet, pouvez-vous me dire quand on est vraiment mort ? Quand est-ce que les cellules finissent de vivre ? Je veux dire toutes les cellules, celles qui sont loin du cœur et du cerveau comme par exemple celles du petit orteil ou de la rate. Je vous demande ça parce que j'hésite beaucoup au sujet de l'incinération. J'ai peur que des cellules éloignées continuent à vivre un peu parce qu'elles n'auraient pas su que tout était fini et qu'il fallait faire les valises. Si par malheur c'est comme ça, l'incinération ne sera pas une partie de plaisir et ça me fait beaucoup hésiter bien que j'aie lu sur le panneau de l'entrée que le crématorium était certifié Qualité ISO9001 ce qui est déjà rassurant.

Je sais que personne n'a de réponses sur la mort mais ça me fait rudement du bien de vous écrire cette lettre. En plus quand j'arriverai au dernier étage, ça donnera la sensation de déjà se connaître ce qui est important car aux soins palliatifs on n'a pas le temps de faire des salamalecs et des ronds de jambe pour arriver à se parler franchement les yeux dans les yeux.

D'ailleurs si vous avez un peu de temps entre deux mourants, ce serait gentil de passer me voir un mardi ou un mercredi pour qu'on puisse se reconnaître le moment venu. Je suis dans la chambre 203.

Dans l'attente du plaisir de vous connaître, je vous prie, chère Madame Marie-Pierre, de recevoir l'expression de mes sentiments les plus palliatifs.

Barthélémy Parpot

Courriel du 26 juin

annak@yahoo.fr a écrit à solenep@gmail.com le 26 juin 2013 – 10 : 32

Ma chère Solène,

L'essai du professeur Lamark est en train de marcher. On a plongé la molécule dans un milieu hyper acide et elle n'a pas été cassée comme tout le monde le pensait. Moi-même je n'y croyais pas. Maintenant on va pouvoir attaquer la partie haute de sa structure. C'est un bel espoir. Réserve le matériel pour la deuxième quinzaine d'octobre, c'est un peu court j'en conviens mais je ne désespère pas d'avoir les premiers échantillons. Bises.

Anna

PS : Je t'avais parlé d'un malade qui m'écrit sans cesse et qui m'avait demandé une photo. Tu m'avais dit de ne surtout pas le faire, mais je le trouvais touchant et j'ai fini par lui envoyer une petite photo pour m'en débarrasser. Maintenant il fait brûler des bougies et de l'encens devant ma photo… et malheureusement il continue à m'écrire !

solenep@gmail.com a écrit à annak@yahoo.fr le 26 juin 2013 – 12 : 10

Ma chère Anna,

Je t'ai réservé le matériel pour la période du 25 octobre au 2 novembre. Je ne peux pas avant car l'appareil de cytométrie de flux est utilisé par Thierry. En revanche je peux te prolonger sur la semaine suivante. Bises.

Solène

PS : Tu me fais rire avec ton bon cœur ! Ce type a bien de la chance de t'avoir trouvée... Et il a raison de faire brûler de l'encens et des bougies devant ta photo ! Tu vas voir qu'il va bientôt te demander d'aller le voir à l'hosto... Peut-être qu'il est mignon !

annak@yahoo.fr a écrit à solenep@gmail.com le 26 juin 2013 – 14 : 18

Ma chère Solène,

C'est gentil mais une semaine suffira. Je n'en serai qu'aux prémisses. Je veux juste faire une évaluation de niveau 1 pour voir si l'accrochage est possible. Je suis loin des tests de solidité et d'usabilité ! Très loin même !

Est-il vrai qu'on a budgété le changement du microscope à fluorescence ? Ce serait vraiment bien, j'ai vu les images de Zultmann à Hanovre, elles sont remarquables.

Bises.

Anna

PS : Je ne suis pas assez sotte pour aller voir un type que je ne connais pas à l'hosto !

solenep@gmail.com a écrit à annak@yahoo.fr le 26 juin 2013 – 14 : 19

Tu ne dis pas s'il est mignon... Tu as bien dû le googliser ? Sinon demande-lui de t'envoyer une photo... Comme ça on sera fixé ! Et ce ne sera qu'un juste retour puisque tu lui as donné la tienne.

annak@yahoo.fr a écrit à solenep@gmail.com le 26 juin 2013 – 14 : 21

Arrête avec tes bêtises ! Je te dis que je ne l'ai jamais vu. Je sais juste qu'il s'appelle Barthélémy et je me moque de savoir s'il est mignon. C'est juste qu'il a une manière de s'exprimer et de se raconter que je trouve touchante. Et puis n'oublie pas que c'est pour des gens comme lui qu'on bosse. Bises.

solenep@gmail.com a écrit à annak@yahoo.fr le 26 juin 2013 – 14 : 22

Le beau malade sauvé par Anna K. Quelle belle histoire ça pourrait faire !

annak@yahoo.fr a écrit à solenep@gmail.com le 26 juin 2013 – 14 : 23

Suis mariée, heureuse de l'être, et occupée dix heures par jour au labo !

Pas le temps et pas l'envie d'une « belle » histoire ! Ni avec ce type, ni avec un autre ! Je ne suis pas comme toi…

solenep@gmail.com a écrit à annak@yahoo.fr le 26 juin 2013 – 14 : 26

Tu as bien tort ! Il faut savoir passer en mode « cool » et s'amuser de la vie… surtout avec le job qu'on fait. On passe nos journées sur notre microscope à observer la mort à l'œuvre, moi je veux passer mes nuits à sentir la vie bouillonner dans mes artères ! N'oublie pas que le vivant est hasard, rencontre et foisonnement.

annak@yahoo.fr a écrit à solenep@gmail.com le 26 juin 2013 – 14 : 27

Non, non et non

solenep@gmail.com a écrit à annak@yahoo.fr le 26 juin 2013 – 14 : 29

Tu devrais profiter de la saine agitation de tes cellules ! Je suis sûre que tu serais plus détendue même avec tes gosses. Pendant la semaine qu'on va se passer à Boston, ne t'interdis pas bêtement de flasher sur un jeune postdoc… Ça te fera du bien ! Conseil d'une bonne amie !

annak@yahoo.fr a écrit à solenep@gmail.com le 26 juin 2013 – 14 : 32

Je n'en ai pas envie.

Je ne me vois pas dans un lit avec un type que je connais à peine.

Je ne saurai pas vraiment quoi faire.

solenep@gmail.com a écrit à annak@yahoo.fr le 26 juin 2013 – 14 : 33

Il reste à espérer que lui saura !

annak@yahoo.fr a écrit à solenep@gmail.com le 26 juin 2013 – 14 : 34

Que tu es bête ! Et agaçante.

Réserve-moi le matériel et basta !

solenep@gmail.com a écrit à annak@yahoo.fr le 26 juin 2013 – 14 : 35

Ok et vivement Boston ! Bises.

annak@yahoo.fr a écrit à solenep@gmail.com le 26 juin 2013 – 14 : 36

Bises.

Barthélémy Parpot
27 rue Bayard
31000 Toulouse

À Barthélémy Parpot
27 rue Bayard
31000 Toulouse

Le 26 juin 2013

Cher moi-même,

J'ai reçu ta dernière lettre qui bien sûr m'a fait plaisir, mais je savais déjà tout ce qu'il y avait dedans, ce qui est normal. Je vais continuer à m'écrire pour suivre les bonnes recommandations de Madame Annette et parce que ce n'est pas poli de ne pas répondre aux gens qui ont la gentillesse de vous écrire.

La dame de l'ADMD n'est pas repassée mais j'ai eu la visite d'une autre dame qui fait bénévolement du soutien aux malades quand ils sont intéressés comme moi. En vérité elle va surtout aux soins palliatifs qui sont les soins qu'on vous fait quand vous allez mourir comme tout le monde mais demain ou la semaine prochaine. Ils sont au dernier étage qui est plus près du ciel avec de la musique douce si on veut et ils sont réservés aux nominés qui sont en finale. Évidemment ce n'est pas encore mon cas, moi je suis seulement comme en demi-finale, mais elle est venue me voir parce que je lui ai écrit une lettre à cause de Bibi l'infirmière de jour qui a des dents de cheval et qui ne sait plus répondre à mes questions.

Cette dame s'appelle Marie-Pierre, elle est aumônière, je ne sais pas bien ce que c'est mais elle croit en Dieu et en parle tout le temps. Elle dit qu'elle peut nous accompagner, et aussi nous écouter si on a envie de parler. Moi je lui parle beaucoup car d'habitude je n'ai personne à qui parler sauf quelques amis du Café des Sports qui n'écoutent rien sauf quand c'est eux qui parlent d'eux. Marie-Pierre est douce et gentille et surtout très patiente, mais elle est aussi très belle, ce qui est étonnant car normalement les belles femmes ne sont pas patientes comme je l'ai remarqué surtout avec moi. Peut-être que les belles femmes sont patientes avec les beaux messieurs mais d'après Rémi ce n'est même pas sûr.

Marie-Pierre m'a confirmé que la recherche faisait de gros progrès, mais que le plus sûr était de croire en Dieu et à un au-delà merveilleux. Je lui ai dit que j'ai essayé mais que ça n'a pas marché. Comme elle est un peu têtue, elle dit qu'il faut toujours recommencer jusqu'à ce que ça marche. J'ai beau lui expliquer que moi ça me monte à la tête et que je me prends vite pour saint Jean de la Croix, elle ne veut rien entendre et je me demande si elle ne se prend pas un peu pour sainte Thérèse d'Avila.

Il faut que je me dise aussi comment j'ai lié amitié avec une comtesse malade comme moi du cancer. Je l'ai connue au groupe de parole où elle ne dit rien, strictement jamais rien, même que je lui ai demandé pourquoi elle y allait si elle n'avait rien à dire à ce point. Elle m'a répondu qu'elle n'avait rien à dire mais beaucoup à entendre et à comprendre. À la fin de la réunion, je l'ai raccompagnée chez elle. Elle a beaucoup de mal à marcher car en plus du cancer de la mâchoire, elle est très vieille ce qui est aussi un cancer de la vie. En arrivant devant sa porte, elle m'a proposé d'entrer quelques instants et c'est comme ça qu'on s'est mis à se parler longtemps. Surtout elle parce que moi finalement je n'ai rien d'intéressant à raconter à une comtesse, et même d'ailleurs à une pas comtesse. Pour raconter des choses, il faut avoir soi-même vécu des aventures particulières sinon on ne fait que dire des propos et donner des avis, et ça n'intéresse personne car des propos et des avis, tout le monde en a. Par contre une comtesse qui a eu une belle vie de comtesse pleine de belles voitures, de beaux amants, de beaux chevaux et de parcs boisés, ça peut raconter plein de choses comme des soirées où elle a rencontré untel ou untel. Des gens que je ne connais pas mais qui sont importants puisqu'ils ont leur photo dans des magazines. La comtesse ne m'a pas beaucoup parlé de son passé intime ou alors avec de fines allusions incompréhensibles. Elle m'a surtout dit qu'elle avait un cancer des os de la mâchoire. C'est vrai qu'elle a un peu le visage de travers mais ça ne l'empêche pas de rester très impressionnante, car elle a l'assurance de quelqu'un qui a toujours plu et sur qui les hommes se sont toujours retournés. On a parlé sans arrêt jusqu'au dîner qui était un plateau avec des endives à l'eau et des pommes cuites. En vérité c'est comme si on s'était fait un groupe de parole que pour nous deux. Ça nous va bien, surtout de ne pas avoir Séverine qui est vite fatigante. Le cancer de la mâchoire est très douloureux et déformant. Pour l'instant avec les calmants elle arrive à parler mais un jour ce sera plus possible.

Moi je lui ai déjà demandé plusieurs fois qu'elle me raconte sa vie qui doit être comme un joli conte de fée, mais elle n'a pas voulu. Il n'empêche qu'elle m'a pris en amitié et elle m'a invité à passer la voir dans sa chambre 408 chaque fois que je voudrais. Et puis en partant elle m'a dit avec son air mystérieux de grande dame « Auriez-vous l'obligeance, mon cher Barthélémy, de me garder la date du 20 août… et aussi celle de la veille pour le voyage ? » J'ai dit oui mais j'ai aucun mérite car je n'ai jamais rien de prévu nulle part, et je peux lui garder tous les jours du mois si elle veut. Évidemment ça me fait rudement plaisir de devoir garder un jour pour la comtesse. Quand j'ai refermé sa porte, elle m'a murmuré « Merci Barthélémy, merci. Je compte sur vous… »

Je vais arrêter de m'écrire car il est très tard. Je ne me dis pas maintenant pourquoi la comtesse compte sur moi car je ne le sais pas, mais je promets de m'en tenir informé dès que je le saurai.

Dans l'attente, je te prie de bien vouloir agréer, cher moi-même, l'expression de ma considération la plus dévouée.

Barthélémy Parpot

La Comtesse Eugénie de Saint-Mont
a le plaisir de vous inviter à une soirée privée
le Vingt Août.

Il vous est demandé de réserver le Dix-neuf et le
Vingt-et-un de ce même mois pour voyager.
Tenue de soirée exigée.

Barthélémy Parpot
27 rue Bayard
31000 Toulouse

À Madame Annette Ledur
Antenne CPAM
12 place Belfort – 31000 Toulouse

Toulouse le 27 juin 2013

Chère Madame Annette de la Sécurité sociale,

J'ai bien respecté votre dernière lettre où vous me demandiez de ne surtout plus vous écrire et ce n'est pas pour ça que je vous écris, mais parce que je vais être opéré après-demain et que je voudrais être sûr que mon opération est payée par la Sécurité sociale, plutôt que d'avoir une mauvaise surprise au réveil ou pendant l'opération, car je n'ai pas d'argent pour payer le chirurgien et les jolies infirmières qui papillonnent autour de lui.

J'en profite pour vous dire que j'ai peur de l'opération et aussi de la mort. C'est bête vu que je n'ai rien à regretter, ni épouse pour la vie, ni enfants éplorés, ni amis proches, ni amis éloignés, ni argent, ni maison. Et pourtant j'ai peur. C'est peut-être de ne pas savoir ce qu'il y a après. À ce sujet je voudrais savoir ce que vous pensez de ces gens qui ont été presque morts et qui ont vu de la lumière blanche éblouissante. Moi personnellement j'espère qu'il n'y a rien du tout après la mort sinon ça va encore faire des histoires et des jalousies.

Je sais que je vous dérange en vous écrivant et que vous avez autre chose à faire. Mais ça m'a fait du bien et je vous remercie de recevoir cette lettre que vous n'êtes pas obligée de lire jusqu'au bout.

Dans l'attente de votre jolie feuille de prise en charge, j'ai signé une feuille de décharge en trois exemplaires pour que le chirurgien ne soit pas ennuyé s'il rate mon opération, ce qui est bien normal.

Je vous prie d'agréer, chère Madame Annette de la Sécurité sociale, l'expression de ma sincère reconnaissance éternelle surtout dans le cas où ça se passerait mal pour moi.

Barthélémy Parpot

Barthélémy Parpot
27 rue Bayard
31000 Toulouse

À Madame Anna Klodzineski
Laboratoire d'oncologie – GK Corp.
Parc Scientifique Jean Jaurès
31130 Balma cedex

Le 28 juin 2013

Très chère Madame,

Je vous écris parce que je sais que vous veillez sur moi et que vous cherchez le remède qui va me sauver, mais je vous jure que ça commence à presser. Je regarde votre photo parce que demain matin on va m'opérer de l'estomac pour enlever le petit morceau qui est plein de mégastases et j'ai très peur.

Depuis que je sais que j'ai le cancer mortel, ma vie n'est plus pareille. C'est parce que je sais que je vais mourir. Avant je le savais aussi bien sûr mais pourtant je ne le savais pas. Je ne peux pas l'expliquer mais avant ça m'empêchait pas de dormir. Aujourd'hui je sais que c'est pour de bon et ça me fait des insomnies. Je peux plus faire comme si je ne savais pas parce que les docteurs me l'ont franchement dit droit dans les yeux et sans mollir, surtout mon cancérologue aux cheveux courts qui ne m'aime pas beaucoup. Quand je lui ai demandé pourquoi il me donnait tous ces détails que je ne lui demandais pas, sur mes cellules et les mégastases, il m'a dit que les malades se prenaient mieux en charge quand ils étaient au courant de leur problème. Moi je lui ai dit que j'avais jamais été fort pour me prendre en charge, mais il a haussé les épaules, et il m'a coupé la parole pour me dire que la relation soignant-soigné devait être transparente mais là je n'ai pas compris et je n'ai pas osé me faire expliquer parce que je sens qu'il n'a pas la transparence très patiente. René il dit qu'ils sont « cash » à cause des assurances et de la peur des procès, et que c'est comme ça aux États-Unis depuis longtemps. En fait c'est à cause des malades qui font toujours des procès pour gagner de l'argent en disant « je n'avais pas été prévenu », « on m'avait pas dit que le cancer était mortel », « je savais pas que fumer donne le cancer », « on m'avait pas dit qu'une opération ça fait mal » et tout ça. Alors les docteurs ils balancent tout de but en blanc et parfois ils en rajoutent un peu avec un mauvais sourire. Ils font signer des papiers pour dire que s'ils vous tuent, ils y sont pour rien. René il râle contre ça mais Solange elle dit que c'est la faute des juges qui donnent toujours raison à ceux qui pleurnichent pour avoir des sous.

Ce soir je vais mettre la bougie devant votre photographie et faire brûler le papier d'Arménie que m'a donné Solange. Les infirmières ne veulent pas, mais je vais attendre le dernier passage de 22 heures car ensuite elles viennent plus sauf si on les sonne, et moi je sonne jamais même si j'ai envie. En général à la troisième fois, ça barde dur alors je le fais plus. Je me contente de regarder les feuilletons de la télévision qui est assez ennuyeuse. Avant quand je n'avais pas la télévision je croyais que c'était un monde merveilleux mais depuis que j'ai le cancer et la télévision, je vois que c'est ennuyeux et pas intéressant. C'est d'ailleurs en m'ennuyant que j'ai fini par me dire que vous pourriez peut-être venir me voir durant ma convalescence comme ça se fait en général pour apporter des oranges ou des biscuits, mais l'important serait que vous veniez, ce n'est pas la peine de vous embarrasser avec les biscuits d'autant que je ne peux avaler que de la bouillie. Je vous espère mais je comprends parfaitement que ce ne soit pas possible car vous êtes une femme occupée avec des responsabilités de recherche et 29 856 impatients qui attendent après vous, et aussi une famille qui a bien de la chance de vous avoir. De toute façon rien n'est obligé, mais si vous passiez me voir une fois, juste une fois, au CHU de Rangueil, pavillon Soljenitsyne, secteur D, à la chambre 203, ce serait pour moi miraculeux de vous voir pour de vrai au pied de mon lit pendant quelques secondes comme une apparition de sainte Anna. Bien sûr il faut que votre mari accepte et que vous n'ayez pas les enfants à aller chercher à l'école ce jour-là.

Évidemment si l'opération tourne mal comme indiqué sur le papier de décharge, ce n'est pas la peine de vous sentir obligée de venir à mon enterrement où de toute façon il n'y aura personne. Et puis ça ferait drôlement louche chez vous surtout si votre mari est jaloux. Il croirait que j'étais un amour de jeunesse, ce qui n'est pas vrai comme nous le savons tous les deux.

En attendant l'issue de demain matin où le diagnostic vital sera réservé comme ils disent tout le temps à la télévision, je vous adresse, très chère Madame, l'expression de mon éternelle et respectueuse affection.

Barthélémy Parpot

Laure Marie Eugénie
Comtesse de Saint-Mont
Seigneurie de Beaupré
- chambre 408 -

À l'attention de Monsieur Barthélémy Parpot,
Chambre 203

Je tiens à vous offrir, mon cher Barthélémy, un témoignage de mon affection avant que vous n'alliez demain, au petit matin, à la salle d'opération. J'aurais voulu vous rendre visite cet après-midi mais les soins ont achevé de m'épuiser. Je me suis trouvée dans un état de faiblesse tel que je ne pourrai quitter mon lit avant plusieurs jours.

Je ne veux point vous écrire une lettre mais une confidence selon mon cœur pour évoquer mes jeunes années ainsi que vous me l'avez fort plaisamment demandé à plusieurs reprises. Votre insistance m'a touchée, mais je crains que ces pages ne défassent ce que votre imagination aura bâti avec trop de zèle.

Sachez enfin que mon caractère répugne à s'épancher et à se complaire dans la nostalgie, mais puisqu'il s'agit de distraire les heures pénibles qui vous séparent, mon ami, de la table du chirurgien, j'y souscris avec grâce et dévotion.

J'ai 88 ans, je suis née il y a longtemps, au château de Veyle, dans une époque qui avait encore quelques charmes et qui n'était pas hostile aux traditions. La révolution et les premières républiques avaient aboli les privilèges, mais n'avaient point laminé la grâce, la bonne éducation et la plaisante étiquette qui animaient les belles sociétés de province. Le château disposait de quelques belles terres et d'un réel prestige auprès des notables et des fermiers du canton malgré les mauvaises récoltes et la désastreuse administration de mon père. En vérité notre famille vivait maigrement, loin des fastes dont mon grand-père maternel avait joui au milieu du XIXe siècle. Mes plus jeunes années ont été témoin de tout ce qui aurait dû remplir mon cœur d'amertume. Les ventes de nos meilleurs vergers, les violentes disputes avec les fermiers et les larmes de ma mère chaque jour nous accablaient. Pourtant, malgré ces tourments domestiques, ma sœur, mes deux frères et moi menions une vie plutôt heureuse. Nous étions très libres, nous vivions sans contrainte au milieu de la campagne, dispensés des corvées qui étaient le lot des enfants de notre âge. Nous étions les petits châtelains et cela nous assurait une sorte d'impunité. Notre seule obligation était de suivre chaque matin les cours d'un étudiant miséreux à la peau grasse qui faisait office de précepteur. Il s'occupait de nous en contrepartie d'une chambre obscure et d'une pauvre pitance.

Au château, outre ce précepteur, nous avions un domestique – il y en avait douze par le passé – qui faisait aussi office de cuisinier, de jardinier et de palefrenier pour le dernier cheval de l'écurie. Les terres avaient été données en fermage à des individus qui nous escroquaient et faisaient enrager mon père. L'été cependant, nous partions en villégiature à Biarritz dans la maison que notre grand-oncle maternel nous prêtait. Ma mère y tenait par-dessus tout et il nous arrivait de nous mêler aux grandes fêtes qui attiraient encore, avant guerre, la noblesse fortunée d'Europe orientale. Nous prenions les vêtements que mon grand-oncle oubliait sciemment dans les penderies, nous les retouchions et allions ainsi guindés humer les fastes du grand monde. Je dois vous dire que j'étais à cette époque extrêmement jolie ; je faisais la fierté de mon père qui comptait secrètement sur moi pour refaire sa fortune.

Telle fut mon enfance, mon cher Barthélémy. Je vous en dirai davantage, si vous y tenez, lorsque nous nous verrons. Je pourrai vous confier quelques anecdotes comme celle de ce jour où j'eus mon certificat d'études avec hélas un classement inférieur à celui de la fille de notre fermier principal ; mon père chassa notre précepteur à la grande joie de mes frères qui m'offrirent une brassée de fleurs pour me remercier de les avoir débarrassés de l'arrogant ; ou encore celle des moissons où nous devions ma sœur et moi compter les sacs de grains amassés dans la journée sans jamais arriver le soir avec des chiffres proches ; ou encore celle de notre mère qui partait en attelage au bourg voisin vendre chez son antiquaire nappes et meubles, les rares pièces de valeur qui ne servaient à rien, comme elle se plaisait à le dire haut et fort, avec hélas une tristesse dans le regard qui démentait ses beaux efforts.

Les années de guerre accueillirent mes quinze ans. Les Argentins et les Cubains fêtent la jeune fille de quinze ans, ils pensent que c'est le temps du plus bel éclat, de la pureté la plus absolue. J'étais fort jolie. Ma mère m'achetait parfois des habits que ma sœur jalousait. Bizarrement grâce à la terre et au marché noir avec les gens des villes, notre situation s'était un peu améliorée. Un soir de septembre 1942, mon père m'annonça pendant le dîner, j'avais dix-sept ans, qu'il avait enfin trouvé le riche parti qu'il recherchait depuis des mois. Il ne jugea pas utile de m'en dire davantage, et moi, je fus tellement surprise que je n'osai poser la moindre question. J'étais de nature obéissante et réservée, je ne songeai pas à me rebeller contre ce qui semblait être le devoir de l'aînée d'une famille pauvre. D'un autre côté, il n'entrait pas dans les pensées de mon père que je pusse récuser un tel parti.

C'était l'hiver, il faisait froid. Mon frère Olivier faisait le guet. Le fiancé, comme l'appelaient en riant mes chenapans de frères, devait pour la première fois venir déjeuner. Moi j'étais dans ma chambre, ma mère m'avait fait mettre ma plus jolie robe, hélas trop printanière pour la saison et je mourais de froid. Je m'étais enveloppée dans un vieux châle en laine que je devais ôter avant de descendre. Ma sœur Louise était dans l'entrée et surveillait l'arrivée avec une excitation non feinte. La pauvre innocente était pressée que vienne son tour. Mon frère sonna l'alerte en apercevant au loin un nuage de poussière sur la route. Une grosse voiture noire brillante s'approchait du château et il ne faisait plus aucun doute que c'était celle du « fiancé ». La voiture ne tarda pas en effet à franchir le portail du parc et à venir se garer devant l'escalier de pierre. De l'homme qui en descendit, je ne pus voir, de la fenêtre du deuxième étage, que le dessus d'un chapeau noir à large bord et les épaisses épaules d'un pardessus en astrakan. Ma sœur vint me rejoindre deux minutes plus tard dans ma chambre. Elle avait l'air consternée.

— Que se passe-t-il ? lui dis-je, vaguement inquiète.

— Mais il est vieux, me répondit-elle en me serrant dans ses bras.

— Vieux comment ? dis-je soudain apeurée

— Vieux comme un grand-père, à moitié chauve, avec des cheveux gris autour.

Je ne dis rien. Nous avions imaginé des acteurs, il sera comme Cary Grant, non plutôt comme Errol Flynn, peut-être Gary Cooper... Ce fut Michel Simon. Durant le repas, Michel – il s'appelait Michel Tournier – me fit quelques compliments sans s'attarder. Il me regarda à peine, sans doute par délicatesse, et immédiatement après le dessert il s'enferma avec mon père dans le fumoir où leur furent servis les cafés. D'évidence l'affaire était conclue, le mariage se déroulerait dans quatre mois, les problèmes financiers de mon père étaient assainis, et Michel Tournier se nommerait Michel Tournier de Saint-Mont et pourrait, sans que mon père y fasse de mauvais procès, s'affubler du titre de comte. J'avais dix-sept ans, je vous l'ai dit, et durant quatre mois, il ne se passa pas un jour sans que je pleure à chaudes larmes. Ma mère me grondait. Quelle importance ! me disait-elle. Il est bien stupide de faire tant de cas d'une simple formalité. Je pleurais mais ne me révoltais point. Mon père ne voulut s'apercevoir de rien. Il était enchanté de l'arrangement. « Ah ma petite Eugénie, me disait-il souvent, tu sauves notre famille. » Michel Tournier était un homme d'affaires ; il s'était colossalement enrichi durant les trois premières années de la guerre sans que personne ne sût comment ou du moins ne daignât me le dire. Seuls comptaient les nombreux actes passés chez le notaire pour sceller les divers arrangements, le fait qu'il n'eût point d'enfant réjouissait particulièrement mon père. Le mariage eut lieu le 12 mars, il neigeait, je portais la robe de mariée de ma mère. Elle était fanée mais largement dissimulée par une cape en laine blanche que m'avait généreusement prêtée ma tante maternelle. La cérémonie fut triste et brève, il y avait une quinzaine d'invités, les trois musiciens prévus n'avaient pas pu arriver à cause de la route verglacée, les toasts traditionnels furent portés sans gaîté. Le soir même, à neuf heures sonnées, nous partîmes pour Paris. Nous nous établîmes dans un hôtel particulier, rue de Rennes, où j'occupai une magnifique chambre, séparée de celle de mon époux par un boudoir. Un joli escalier menait directement chez moi.

Michel Tournier se conduisit bien avec moi, il eut toujours des égards, une réelle courtoisie et si je ne l'aimais point d'amour comme j'eus rêvé de le faire, j'eus de l'estime pour lui et notre vie commune se passa sans heurt d'autant qu'il était souvent en déplacement pour ses affaires et qu'il eut le bon goût de mourir dans un accident de voiture six ans après notre mariage. Le 23 octobre 1948 exactement. J'avais 24 ans, une fortune immense, un bel appartement parisien, une propriété à Beaulieu qui dominait la mer, de l'argent dans différents pays, et un homme de confiance dont Michel m'avait dit le plus grand bien, tout en m'indiquant un coffre secret où il y avait quelques documents le concernant qui devaient nous assurer de son indéfectible fidélité. Une autre époque de ma vie s'ouvrait.

Qu'il me coûte, mon cher Barthélémy, de plonger dans ces souvenirs ! Je le fais cependant de bon cœur car je sais avec quelle bonté et avec quelle gentillesse vous avez accepté, sans poser de questions indiscrètes là où tant d'autres l'auraient fait, de m'offrir vos services pour ces deux jours de fin août qui sont si chers à mon cœur. La vie m'a appris à reconnaître la bienveillance et le désintéressement. Ce sont des qualités si rares, dans ce monde d'hypocrisie et de suffisance, que je ne manque jamais de les honorer. Bien triste monde en vérité où tout n'est que vanité, louanges fielleuses et promesses par avance trahies ! Mais tout cela a fort heureusement cessé de me navrer !

À la mort de mon mari a commencé pour moi une période de légèreté, d'insolente gaîté et de totale liberté. Saurez-vous imaginer combien peut être grisante la liberté pour qui n'y a jamais goûté ? Pour une femme qui sent le joug quitter ses frêles épaules ?

C'est, je pense, quelque chose de difficile à imaginer pour un homme du XXIe siècle.

Je vivais l'hiver à Paris, l'été à Beaulieu, je fuyais Biarritz qui était une place petite-bourgeoise fort ennuyeuse, je liais des amitiés et bientôt, sans doute du fait de quelques largesses trop visibles, se constitua autour de moi une véritable cour d'artistes. Il y avait les peintres, les minimalistes, ceux de l'art brut, Baskine, Appel, Atlan, mais aussi des comédiens, des gens connus, des écrivains. Blondin passait parfois, Jacques Laurent, Dekobra, Barraut étaient des réguliers. J'étais libre. C'était extraordinaire. Je m'amusais beaucoup. J'inventais des rituels dignes des dames de la cour de Louis XIV. Tous ces jeunes gens épris de liberté y souscrivaient avec une grâce touchante. Ils maudissaient les convenances bourgeoises mais se précipitaient chez moi à minuit pour assister à mon coucher. Je ne vous en dirai pas davantage…

J'adorais le cinéma, je finançais quelques films et ne ratais jamais le festival de Cannes. On me présenta Cary Grant, Charlton Heston et tant d'autres qui avaient bercé mes rêves de jeune fille avant de s'effacer devant Michel Tournier. J'allais sur des tournages, je relisais des scénarios. Je me mêlais de mille choses pour lesquelles je n'avais aucune compétence.

L'été, dans ma propriété de Beaulieu, se tenaient de grandes fêtes dont j'étais la reine. On m'avait même surnommée la comtesse aux pieds nus à cause du film de Mankiewicz et de mon habitude de marcher pieds nus sur mes terrasses.

C'est lors d'une de ces fêtes, en mai 1963, que je rencontrai Eduardo Miguel Valdes. Il était venu par désœuvrement accompagner un de mes amis argentins. Il portait sans la moindre affectation un smoking blanc et une écharpe de soie verte. Il avait de longues mains délicates, parfaitement manucurées et une gestuelle étonnante, toute en courbes et en caresses. Je rougis légèrement lorsqu'on me le présenta, c'était stupide j'en conviens, mais j'avais trop peu l'habitude des émois pour avoir appris à les maîtriser ; il fit semblant de ne pas remarquer mon trouble. C'était un homme merveilleux, raffiné et généreux, un esthète qui dirigeait des galeries d'art dans les plus grandes villes du monde. Nous conversâmes toute la nuit. Le lendemain nous nous envolions pour Venise, et en fin d'après-midi, au moment où le soleil tendrement décline, nous entrions dans la suite Dandolo du Danieli, celle avec la magnifique vue sur le lagon. Le soir de ce même jour, avec la délicieuse sensation d'avoir longtemps attendu, je me donnais à lui. J'avais eu quelques amants, souvent décevants je dois le dire, mais Eduardo était un soleil qui venait éclairer ma nuit. Je découvris l'amour et le sexe. Je découvris le désir flamboyant et salvateur. Ce furent des jours éblouissants, une sorte de lune de miel profane qui dura douze nuits…

Eduardo était marié. Il ne me l'avait pas caché. Il avait trois enfants, le sens de l'engagement et une conception très masculine de l'honneur. Malgré la tourmente dans laquelle il s'était laissé entraîner, il se refusait à briser sa famille. Il me le dit avec sincérité sans renier les jours passés ni amoindrir la passion qui le dominait. Ses principes dictaient sa conduite. Il m'appartenait d'accepter, ou de refuser, ce drôle de marché : moi la comtesse aux pieds nus, la coqueluche de Beaulieu, la richissime mécène parisienne, la femme enviée de tous, devais me contenter d'un second rôle qui plus est dans l'ombre, dans les coulisses. Sans doute aurez-vous du mal à me croire mais j'acceptai cet étrange pacte ! Et ce qui vous étonnera plus encore, c'est que je vécus heureuse dans l'ombre d'Eduardo. À la vérité nous passions beaucoup de temps ensemble, souvent deux semaines par mois, et il me téléphonait chaque jour où il n'était pas à mes côtés. Mon secrétaire est rempli des lettres d'Eduardo. Je l'accompagnais régulièrement dans ses voyages aux États-Unis, il prétextait avoir la phobie des avions et nous courrions nous réfugier dans les paquebots qui restaient dix jours en mer. Nous adorions prendre le « France ». J'ai mille anecdotes sur ce merveilleux paquebot, mais ce n'est point le lieu pour vous les conter, peut-être le ferai-je lorsque nous voyagerons ensemble au mois d'août. J'adorais le luxe et l'isolement de ce paquebot, j'adorais faire l'amour au milieu de l'océan.

J'espère, mon bon ami, que ces confidences ne vous choquent pas. Et quand bien même vous seriez choqué que ce serait à votre honneur, car nous sommes dans une époque qui ne veut plus se choquer de rien et qui a bien tort ! À vouloir tout accepter, elle ne sait que perdre le goût et la saveur des sensations ! Je suis sûre que vous partagez ce sentiment. Ma lettre est déjà longue et mes doigts noueux me font souffrir mais je vais poursuivre encore un peu.

Le croirez-vous ? Mon histoire d'amour avec Eduardo a duré plus de vingt ans. Nous partageâmes durant toutes ces années un désir sans cesse renouvelé. Sans doute est-ce la nécessité de vivre dans le secret qui nous offrit cette exceptionnelle ardeur amoureuse. Vingt-deux ans sans jamais se lasser l'un de l'autre, sans jamais tomber dans la fade banalité des couples qui vivent au grand jour. Ce fut une chance merveilleuse et plus tard, quand Eduardo succomba, une douleur sans consolation.

Le 22 juin 1986, à 10 heures du matin, devant le n° 42 de l'avenue Corrientes de Buenos Aires, une crise cardiaque foudroya l'homme de ma vie, mon ami, mon amant, la possibilité du sexe. Il était irremplaçable, il fut irremplacé. J'avais soixante ans. Je n'avais plus le goût aux fêtes, les artistes me lassaient, l'argent m'ennuyait. Les amitiés s'épuisaient. Je n'avais pas d'enfant, mon premier mari n'avait pu me féconder et je n'avais pas voulu d'un enfant illégitime avec Eduardo. Le monde ne m'intéressait plus, il changeait, je le comprenais mal, et j'aimais de plus en plus souvent être seule. Les années passèrent ainsi. Je m'occupais de ma sœur et de ses enfants qui chacun à leur manière avaient raté leur vie, j'aidais la petite entreprise de mon frère Olivier, mais surtout je gérais la fondation que nous avions créée avec Eduardo en faveur de l'instruction des jeunes filles musulmanes de la Porte. En vérité je vaquais à mille occupations sans m'intéresser à aucune. Ma vie avait été si légère, ma rencontre avec Eduardo si belle, que je n'avais pas le droit de me plaindre. Je glissais silencieusement dans la neurasthénie. Les années continuèrent à passer. Je fus saisie par une tendre piété, souvenir de mon enfance, et j'allais régulièrement suivre la célébration de l'office divin. Juste pour l'émotion de sentir la faiblesse des hommes.

Il y a trois ans on a découvert ce cancer qui ne devait pas, vu mon âge, évoluer de manière rapide. Tous les grands spécialistes étaient d'accord sur ce point. Mais encore une fois le temps a passé, et les douleurs sont arrivées, lancinantes puis de plus en plus envahissantes. Je n'ai pas envie de me soigner, seulement de me soulager. Mon temps est passé. J'aspire à la simplicité, et c'est pour cela que je suis venue ici, loin des grands instituts et des sempiternels nouveaux traitements qui ne sont que souffrances supplémentaires. Il me plaît de me dire que personne dans cet hôpital n'imagine, à part vous désormais et je sais que vous n'en direz rien à personne, quelle fut ma vie.

Je ne doute pas, mon cher Barthélémy, que vous recevrez ces confidences avec la même simplicité que celle qui m'a animée en les rédigeant. Puissent-elles seulement vous distraire ! La vie des autres est toujours divertissante quand la nôtre nous semble si souvent ennuyeuse… Soyez courageux et revenez vite parmi nous. Vous m'avez promis d'être mon chevalier servant le 20 août. Je compte sur vous. Vous êtes un homme franc, un homme de parole comme il y en a peu ici-bas. Je connais la nature humaine, je la connais bien, j'ai traversé des déceptions sans fin, j'ai connu la trahison, je sais que les hommes sont lâches et égoïstes, je sais que rares sont les gens de bien… et je sais que vous êtes de cette caste-là, de la caste de la vraie noblesse. C'est pour cela que je vous veux à mes côtés.

Bien à vous,

Eugénie, Comtesse de Saint-Mont
Ce 30 juin

CRAC
Centre Régional Anti-Cancer

Barthélémy Parpot
15906-34032-027-96
Dossier AG-605-M-178

COMPTE RENDU OPÉRATOIRE

Lundi 1er juillet 2013.
Admission bloc : 8 h 00
Admission salle réveil : 9 h 10
Chirurgien : Michel-Jean Bourdieu
Anesthésiste : Denis Philippot
Chef infirmière : Clothilde Sempéré

Gastrectomie subtotale pour Adénocarcinome.
Exérèse de la tumeur jusqu'à recoupe en bords sains.
Curage ganglionnaire. Aspect non invasif.
Pas de complications peropératoire.

CRAC
Centre Régional Anti-Cancer

M. BARTHÉLEMY PARPOT.
15906-34032-027-96
Dossier AG-605-M-178
Chambre 203

FEUILLE DE SUIVI JOURNALIER

Lundi 01.07.2013

Heure	11h	12h	13h	14h	15h	16h
Température	37·4	37·2	37·2	37·4	37·1	37·0
Tension	10/5	10/6	10.5/6	10/7	10/6	10/7

Médication :
Antalgique (Pro-Dafalgan) + Antispasmodique (Spasfon) dans perfusion sérum glucosé Iso 500 ml
Remarque :
TA faible. À surveiller.

Laure Marie Eugénie
Comtesse de Saint-Mont
Seigneurie de Beaupré
- chambre 408 -

À l'attention de Monsieur Barthélémy Parpot
Chambre 203

J'ai été heureuse d'apprendre par notre jeune infirmier stagiaire que vous étiez en train de promptement vous rétablir. Cela me ravit ! Je viendrai cette fin d'après-midi vous rendre visite dans votre chambre. Si vous êtes trop las pour recevoir, faites-le-moi savoir simplement, je n'en prendrai pas ombrage.

Avec ma tendre affection,

Votre amie Eugénie

L'ASSURANCE MALADIE

08.07.2013

À l'attention de M. Barthélémy Parpot

Je vous confirme que votre opération est prise en charge à 100 %.

Bon rétablissement,

Annette Ledur

Carte postale

Au recto : Vue du canal du Midi
(platanes séculaires)

Vue du canal du Midi (patrimoine mondial de l'Unesco)

08.07.2013

J'espère que votre opération s'est bien déroulée et qu'elle donnera de bons résultats. Ce genre d'intervention, couplée à un traitement adapté, se révèle en général très efficace.

Je vous souhaite un bon rétablissement,

Anna K.

PS : Si votre cancérologue est trop occupé, pensez à téléphoner à votre médecin de famille.

Barthélémy Parpot
CHR Rangueil
Pavillon D - Chambre 203
31078 Toulouse cedex

Compte rendu du groupe de parole n° 28
du 13.07.2013 :

Séverine Chaudron, psychologue diplômée
de l'École de Brive.

Étaient présents :
René Daugier, Daniel Frogier, Rémi Labarthe, Barthélémy Parpot, Solange Raynac, Eugénie de Saint-Mont, Paul Zuberski

Arrivée – départ :
On note le retour de Barthélémy Parpot qui a manqué deux séances à cause de son opération. Le groupe est heureux de le retrouver.
(Je note que ce garçon qui est souvent agaçant et même exaspérant, leur a manqué : il faut analyser cela dans le cadre de la théorie des comportementalistes américains Young et Bradley. Ce cas pourrait faire l'objet d'une communication dans une revue spécialisée.)
Départ de Lola qui a rejoint un centre de convalescence à Mimizan.

Tour de table :
Paul avoue qu'il souffre beaucoup et qu'il en a assez.
Eugénie acquiesce silencieusement.
Solange fait part de sa lassitude.
« Le débat du jour » est remplacé par « Une rencontre avec » :
Comme suite à la demande exprimée lors de la rencontre 26, un notaire de la Chambre des Notaires a été invité

pour répondre aux questions. Il est jeune et très mignon. Il fait un court exposé sur le droit de succession en France pour en rappeler les grands principes, et propose de passer aux questions. Tous les participants sont attentifs.
Bizarrement il y a peu de questions sur la succession. Soit ils ont déjà tout réglé, soit ils se moquent de ce qui se passera après eux. Il y a cependant une question sur les tontines qui en appelle plusieurs autres. Rémi essaie de lancer la constitution d'une tontine au sein de notre groupe de parole. Il prétend que ça mettra du piment dans notre quotidien. Je m'intéresse de plus près à la chose et dès que je saisis que la tontine est un jeu macabre qui mise sur la mort de son voisin, je réagis fermement pour stopper cette initiative stupide.
Puis Parpot pose une question sur les concessions dans les cimetières qui s'avère intéresser tout le monde. Le jeune notaire explique qu'une concession coûte à Toulouse entre 300 € et 3 000 €, selon la taille et la durée, mais qu'elle peut atteindre 11 000 € à Paris, et aussi que les prix semblent suivre avec un léger décalage le coût de l'immobilier. Il dit aussi que les concessions durent 30 ans, 50 ans ou sont à perpétuité, et que la perpétuité dure en général deux cents ans s'il n'y a pas d'entretien constaté. Parpot dit que ça le rassure de savoir que l'éternité dure deux cents ans, et il dit que la concession c'est cher quand on n'a pas d'argent. Il demande ce que coûte un casier pour mettre les cendres. Pascal, le jeune notaire, dit qu'il faut compter dans les 290 € pour une concession de 30 ans. Il rappelle qu'on peut aussi mettre l'urne chez soi mais qu'il est interdit de répandre les cendres n'importe où comme ça se faisait

avant. Solange demande pourquoi. À cause du droit au recueillement, explique Pascal avec beaucoup de tact et de retenue. Rémi dit qu'effectivement ça ne coûte rien mais qu'il ne veut pas se faire cramer et que ce que ça coûtera à son fils ne sera jamais assez cher. Le notaire étonné par cette attitude dit qu'il y a aussi la possibilité de la fosse commune qui ne coûte rien. Rémi tord le nez et ronchonne dans son coin.
Parpot intervient pour demander s'il peut enterrer le petit morceau de son estomac dans le jardin de l'hôpital du moins en attendant, car il ne peut pas le mettre dans le carré de sa maman qui est cimenté. René lui dit qu'il n'a qu'à le faire sans rien demander et que personne n'y verra rien. « Si tu demandes, ajoute Rémi, ils vont te pourrir et t'empêcher ». Parpot dit qu'il a repéré un petit coin au pied du peuplier qui est devant la blanchisserie. Puis il dit qu'il aimerait bien que nous venions tous à la petite cérémonie parce que les cérémonies sans personne comme il y en a beaucoup sont tristes. Tous les participants se défilent, c'est encore moi qui vais devoir m'y coller en tant que représentante de notre petite communauté. C'est Daniel qui a fait cette suggestion ! Merci Daniel. Le jeune notaire ne savait plus que dire. Pour l'aider à se remettre et le remercier, je l'ai invité à boire un verre à la fin de la séance. C'était normal après tout.

<u>Faits marquants et/ou signifiants :</u>
La présence d'un tiers est assurément un élément positif qui a permis d'installer un dialogue pour une fois apaisé. Je vais revoir le notaire pour essayer de monter une autre intervention plus ciblée.

Barthélémy Parpot
27 rue Bayard
31000 Toulouse

À Madame Anna Klodzineski
Laboratoire d'oncologie – GK Corp.
Parc Scientifique Jean Jaurès
31130 Balma cedex

Le 14 juillet 2013

Très chère Madame Anna K,

Je vous remercie de votre carte de soutien et de vœux de bon rétablissement que j'ai reçue à mon réveil et qui était comme descendue du ciel pour m'encourager. J'ai été très content de l'image du canal du midi qui est un endroit bien paisible même si les 42 856 platanes sont malades et eux aussi condamnés.

J'ai été surtout très ému que vous ayez signé Anna K, et non pas Anna Klodzineski qui fait un peu peur. D'ailleurs j'ai installé votre carte postale en la tournant du côté de la signature. Elle est calée contre votre photo avec un petit pot de fleurs que René ne voulait plus dans sa chambre. Maintenant que je me sens autorisé par votre signature, je répète souvent votre prénom Anna à longueur de journée mais toujours suivi de K comme il se doit.

Je vais assez bien. Le chirurgien est très content de lui comme toujours, mais j'ai encore très mal. On doit m'enlever les poches et les tubes demain sauf s'il change d'avis sans prévenir comme souvent. Il paraît que ça fait mal. Ensuite il me faudra avaler mes repas avec une pipette pendant plusieurs jours, tout ça pour dire que le steak-frites est encore loin.

J'ai oublié de vous promettre dans ma dernière lettre que si vous venez me voir, je ne le dirai à personne pour éviter les scènes de jalousie. Ça restera entre nous et aussi entre votre mari parce que ce serait gênant de faire des cachotteries alors qu'il n'y a rien à cacher à moins qu'il n'aime pas du tout que vous alliez voir l'objet de vos recherches. À ce sujet je tiens à vous redire que ça me fait plaisir d'être votre objet de recherche d'autant que personne ne s'est vraiment intéressé à moi jusqu'à ce jour, sauf ma maman qui est morte depuis longtemps.

Je vous laisse travailler et vous regarde tous les jours dans votre joli cadre et je vous attends même si bien sûr vous n'êtes pas obligée.

Vous en remerciant par avance, j'ai le plaisir de vous souhaiter, chère Anna K, une bonne et heureuse fête nationale.

Barthélémy P.

Barthélémy Parpot
27 rue Bayard
31000 Toulouse

À Barthélémy Parpot
27 rue Bayard
31000 Toulouse

Le 16 juillet 2013

Cher moi-même,

Je ne vais pas me donner de mes nouvelles puisque je les ai déjà, ou alors juste pour dire comment je suis aujourd'hui vu que je ne m'en rappellerai plus dans trois jours quand je recevrai ma lettre. C'est d'ailleurs le problème avec le passé, il s'effiloche toujours et il ne laisse que de vagues impressions dont on ne peut rien faire. Moi par exemple je ne me souviens plus comment j'étais le matin quand mon estomac ne me faisait pas mal. J'ai oublié comment est la sensation d'être en bonne santé, et même s'il y a une sensation pour ça. Heureusement que je me souviens des sept fois de ma vie où j'ai fait l'amour car c'est important de s'endormir le soir en se racontant une des sept merveilles de son monde à soi. La comtesse bien sûr elle n'est pas comme moi, elle a des brassées de bons souvenirs heureux. Ça l'aide beaucoup mais ça ne l'empêche pas d'en avoir assez d'être toujours vieille même si elle ne s'en plaint pas.

Moi je ne connaîtrai pas ma vieillesse, mon cancer ne fera pas assez de rémission pour ça. En même temps ce n'est pas trop triste surtout quand on passe dans le bâtiment de la gériatrie pour aller au scanner et que ça fait pas du tout envie.

Mon opération s'est bien passée mais j'ai encore mal tout le temps. J'espère que ça ira mieux quand je lirai cette lettre. Le chirurgien est très content de lui, il dit qu'il a tout bien enlevé et qu'il a vraiment fait du beau travail, et aussi qu'après les séances de chimio et de rayons pour finir de tout nettoyer, le tour sera joué. À moins qu'il ait plutôt dit que la page serait tournée, ce qui devrait revenir au même. Si tout marche comme ça, je ne serai plus dans les 29 856 nominés de cette année. Pour en être sûr il me faudra faire d'autres examens mais le docteur ne m'a pas dit quand il pourra les faire. D'ailleurs les docteurs oublient souvent de dire les choses et René ça le rend fou de colère. René et Rémi ils pensent qu'on leur cache des choses. Et pas que sur le cancer. Ils pensent par exemple qu'on ne leur dit pas la vérité sur la mort de Marylin Monroe, sur les centrales nucléaires ou sur la dette et la crise. Moi je crois plutôt que les cancérologues, les grands patrons et les banquiers font ceux qui savent de quoi demain sera fait, mais à la vérité ils n'en savent pas plus que les autres. Ils savent juste mieux faire semblant et surtout ils préfèrent passer pour des hommes importants plutôt que pour des imbéciles.

Hier en fin d'après-midi à l'heure où les gens qui ne sont pas malades quittent l'hôpital, je suis allé creuser un trou au pied du peuplier avec la cuillère à soupe de midi que j'avais gardée exprès. J'ai mis le petit bout de moi dans une boîte de Banania et je l'ai enterrée. Je ne voulais vraiment pas qu'on me jette à la poubelle des déchets avec tous les autres parce que c'est un peu de moi qu'il s'agit tout de même.

Puis la comtesse Eugénie est arrivée clopin-clopant avec la dame de l'ADMD qui n'a pas pu rester. Elles ont posé un joli bouquet de violettes fraîches sur mon estomac. Il y avait aussi Séverine qui était pressée, et aussi un vieux jardinier de l'hôpital qui est venu voir ce qui se passait et qui s'est bien recueilli avec nous en ôtant sa casquette ce qui m'a fait bien plaisir. J'ai demandé à Séverine si elle ne voulait pas dire un discours au nom de tous ceux qui n'avaient pas pu venir et qu'elle représentait. Séverine a semblé surprise et puis elle a dit qu'il ne fallait pas exagérer. La comtesse lui a mis alors un coup de canne sur les mollets même qu'elle ne s'y attendait pas du tout. La comtesse lui a dit de faire le petit hommage, et l'autre a senti qu'elle n'avait pas intérêt à se défiler parce qu'avec la comtesse des fois ça ne rigole pas.

Finalement Séverine a fait une jolie allocution en citant tous ceux qui regrettaient de n'avoir pu venir. Il faut reconnaître qu'avec les potences, les poches, les sondes et tout ça, ce n'est pas commode. Et puis elle a eu un mot touchant pour mon petit estomac qui avait digéré tant de choses et qui allait être à son tour digéré par les vers de terre. Là elle s'est pris un deuxième coup de canne dans les cuisses, mais plus fort, je n'ai pas trop compris pourquoi, mais la comtesse devait avoir ses raisons. Il n'empêche que Séverine s'est bien reprise, elle a dit que je n'aurais plus jamais l'estomac sur les talons, ni un petit creux à l'estomac ou que rien ne pourrait plus jamais me rester sur l'estomac et que c'était finalement une bonne chose. Pour finir elle a dit qu'on ne l'oublierait jamais et qu'on viendrait souvent le fleurir. Le jardinier a dit qu'il s'en occuperait personnellement.

Puis on est reparti. Séverine a filé vers sa voiture sans presque me dire au revoir. J'ai raccompagné Eugénie. Quand je l'ai eu quittée pour rejoindre ma chambre, je suis tombé sur la dame catholique qui accompagne tout le monde et qui cette fois n'avait pas pu venir vu qu'elle avait trois palliatifs sur le feu au sixième étage. Elle veut tenir la main à tout le monde mais elle n'a pas non plus quatre bras. Elle est pleine de commisération même avec moi et c'est bien agréable, mais en même temps elle n'est pas du genre qui s'apitoie longtemps. Elle est très active et presque fatigante à vouloir sauver tout l'étage et même ceux d'en dessous. Je me demande parfois, dans mes rêves du jour, jusqu'où elle peut aller dans la commisération avec les mourants, enfin je veux dire si elle est du genre qui pourrait accompagner pour une dernière fois. La huitième fois si je vois ce que je veux me dire. Comme donner un dernier petit coup de main par exemple quand on peut plus soi-même, et offrir une dernière extase terrestre avant d'aller au ciel…

Des fois je suis étonné de voir que malgré la maladie les idées inavouables ne passent pas. C'est un peu comme si elles étaient l'instinct de la vie, ou la seule manière que la vie ait trouvé pour résister encore à la mort. Pour moi par exemple ce serait de ne pas quitter ce monde tant que je n'aurais pas eu une huitième et dernière fois ! Parce que huit est aussi un très beau chiffre, car on dit le grand huit, le chapon de huit mois et même la huitième merveille du monde… Ce n'est pas rien. Évidemment tout ça n'est pas très catholique, mais pourtant je crois que la belle aumônière serait plus charitable que la dame de l'ADMD qui ne se trimballe pas les interdictions du bon dieu mais qui semble avoir la compassion du coup de main plus rigide. Même si sa main est très douce. Évidemment je n'en suis pas tout à fait là, je veux dire au point de passer l'arme à gauche comme dit mon cancérologue en levant les yeux au ciel, puisque décidément tout semble se décider là-haut.

Mais je ne vais pas continuer avec ces idées qui m'empêchent de m'endormir le soir, et je préfère me prier de bien vouloir recevoir l'expression de mon empathie pleine et entière.

Barthélémy Parpot

CRAC
Centre Régional Anti-Cancer
Laboratoire d'Analyse
Service UP 56

Barthélémy Parpot
15906-34032-027-96
Dossier AG-605-M-178

18 juillet 2013

BILAN

Hb	stable
Leucocytes	faible
Poly Neutro	stable
Marqueur CA 72-4	en baisse
Marqueur ACE	normal

Amélioration constatée conforme à l'opération.
À surveiller et à valider par la mise en place du protocole postopératoire B72- Vers2010
Avancement Séances Rayons : 1 / 4 (au jour du bilan).
Évaluation du Programme européen ONCO-2018 sur les « Essais cliniques randomisés pour chimiothérapie néo-adjuvante à cadence hebdomadaire » : en cours.

Barthélémy Parpot
27 rue Bayard
31000 Toulouse

Docteur Pierre Chabat
78 rue Pasteur
31100 Toulouse

Le 20 juillet 2013

Cher Docteur Chabat,

Je suis très content de vous avoir comme docteur parce que c'est important d'avoir un bon docteur surtout quand on est malade. Quand on n'est pas malade, on peut s'en passer plus facilement.

Je vous envoie la copie photocopiée de mes dernières analyses car mon cancérologue n'a pas le temps de me les expliquer. Il dit juste que j'ai intérêt à garder le moral si je veux m'en sortir. Me sortir d'où il ne le dit pas vraiment. Ma mère aussi me disait de bien travailler à l'école si je voulais m'en sortir. Il a juste ajouté sans me regarder qu'il allait chercher si je n'avais pas des mégastases ailleurs. Je ne sais toujours pas ce qu'est une mégastase et j'ai jamais cherché à le savoir parce que plus on sait de choses, plus on a peur. Et puis les docteurs ils détestent qu'on leur pose des questions ou qu'on leur répète des trucs de Google. De toute façon je crois que mon cancérologue a envie de se débarrasser de moi comme ça m'arrive souvent avec les gens des administrations, les aides sociales et les banquiers, ce que je peux comprendre car moi-même si je pouvais me débarrasser de moi pour être un autre avec de nombreux amis et une gentille amoureuse, je n'hésiterais pas.

Il n'empêche que quand il parle de vous, mon cancérologue vous traite toujours de « cher collègue » ce qui me fait plaisir. C'est toujours réconfortant de voir que les docteurs s'entendent bien entre eux. Je dois vous dire aussi qu'il y a une infirmière qui vous connaît. Elle s'appelle Bibi, elle est grande et rousse avec un grand nez. Elle vous appelle le docteur Chabadabada parce qu'il paraît que vous jouez de la musique, surtout de la guitare et même très bien. Moi ça me fait plaisir que mon docteur joue de la musique plutôt que du golf ou du bridge comme tous les autres.

Je ne sais pas si mon opération a réussi. Ce serait important que je le sache. Un peu comme quand on passe le baccalauréat et qu'on veut savoir si on est reçu ou si on est à l'oral de rémission ou si on est recalé, sauf qu'avec le cancer on ne peut pas redoubler et on passe directement à la trappe qui est en fait un trou de deux mètres de profondeur.

J'attends votre réponse avec confiance parce que vous êtes un docteur très gentil qui prend le temps avec ses malades comme quand je suis venu vous voir au dispensaire de la place Belfort alors qu'il y en a d'autres qui bâclent tout en dix minutes. Je ne dirai pas qui, mais bon suivez mon regard dans le bureau à côté du vôtre au dispensaire où ils ne sont pas tous comme vous.

Je vous adresse, Monsieur mon docteur, les respectueux sentiments de mes cellules les plus distinguées.

Barthélémy Parpot

PS : Si vous faites un concert de musique, j'aimerais bien venir vous écouter si ce n'est pas trop cher car j'ai voulu aller voir Charles Aznavour mais je n'ai pas pu à cause du prix des places.

Barthélémy Parpot
27 rue Bayard
31000 Toulouse

À Madame Anna Klodzineski
Laboratoire d'oncologie – GK Corp.
Parc Scientifique Jean Jaurès
31130 Balma cedex

Le 22 juillet 2013

Très chère Madame Anna K,

Ma convalescence va finir et je comprends que vous n'avez pas pu venir. Si vous voulez venir maintenant, c'est possible car je reste à l'hôpital jusqu'à la fin du mois, y compris les samedis et les dimanches. Je me disais que c'était peut-être important pour vous de voir votre objet de recherche en vrai car parfois on se fait des idées qui ne correspondent pas à la réalité. Moi je tiens à vous dire que je suis à votre disposition, et que je répondrai avec franchise à toutes les questions que vous me poserez.

J'en profite pour vous demander si le nouveau remède que vous me préparez avec de la giroflée de Bombay va aussi marcher pour le cancer de la mâchoire, parce que j'ai une amie qui en aurait rudement besoin. Elle s'appelle Eugénie de Saint-Mont et elle commence à souffrir beaucoup mais sans le dire parce qu'elle est comtesse et que l'aristocratie ça ne peut pas se plaindre à tout bout de champ comme n'importe qui. J'aimerais bien que vous puissiez aussi la guérir tout comme moi car elle est très gentille et très vieille.

Il ne faut pas que vous preniez ombrage de mon amitié pour la comtesse qui est une gentille dame qui emploie de jolies expressions comme par exemple « prendre ombrage » ou « faire fi ». Souvent elle dit « Tout cela doit vous sembler suranné ? » mais moi je trouve pas car je sais pas bien ce que ça veut dire. Par exemple je ne sais pas dire si votre venue à l'hôpital un soir après votre travail serait surannée ou pas.

Dans l'attente de votre aimable réponse ou de votre miraculeuse visite, ou des deux bien sûr, je vous prie de bien vouloir agréer, très chère Madame Anna K, l'assurance que vous êtes évidemment celle que je préfère.

Barthélémy P.

SMS du 24 juillet

Anna

Tu vas te moquer de moi, mais j'ai mon malade qui insiste maintenant pour que j'aille le voir. Je viens encore de recevoir une lettre de lui.
11 :40 – 24.07

Solène

C'est ballot.
11 :41 – 24.07

Anna

Non c'est Parpot
Il veut être mon objet de recherche !
11 :42 – 24.07

Solène

C'est mignon ! Mais moi les boulets, je les fuis !
11 :42 – 24.07

Anna

C'est juste un « perdu » comme dirait ma fille, mais il est touchant de simplicité.
11 :43 – 24.07

Solène

Tu vas tout de même pas aller
voir ce type à l'hosto !
11 :43 – 24.07

Anna

Bien sûr que non ! Mais je vais lui écrire une longue lettre pour le lui dire. Je ne peux pas le laisser attendre comme ça.
11 :45 – 24.07

Solène

Raconte-lui ta vie, ça le distraira… ou plutôt la mienne ce sera plus drôle
11 :45 – 24.07

Anna

Je vais lui parler comme à un frère humain…
11 :48 – 24.07

Solène

Sœur Anna de la Compassion ! Pense plutôt à mettre de jolis dessous dans ta valise pour Boston !
11 :48 – 24.07

Anna

Que tu es sotte ! À midi pour le café ?
11 :49 – 24.07

Solène

D'ac.
11 :49 – 24.07

Madame Anna Klodzineski
Laboratoire d'oncologie – GK Corp.
Parc Scientifique Jean Jaurès
31130 Balma cedex

Barthélémy Parpot
27 rue Bayard
31000 Toulouse

Le 29 juillet 2013

Monsieur,

Je vous écris pour ne pas que vous continuiez à attendre ma visite. Je suis très prise par mon travail et par ma famille, et il ne m'est pas possible de passer vous voir. En outre je vais prochainement me rendre à Boston pour le Congrès International de la Recherche Anti-Cancer, où je dois faire une communication.

Pour aller au-devant de vos prochaines questions, je peux vous dire que le CIRAC est une manifestation très importante, la plus importante à ce jour, où se retrouvent tous les trois ans plus de 3000 chercheurs venus du monde entier. C'est un lieu de rencontres où se nouent des échanges passionnants. Il dure huit jours, et j'en reviens chaque fois réconfortée et nourrie d'idées neuves. Il serait plus exact de dire « nourrie de possibilités d'idées neuves ». La confrontation des intelligences est une chose indispensable qui aujourd'hui encore m'étonne. Cette année, je dois rencontrer le professeur Gaskins du MIT, c'est le ponte des cellules souches, je compte beaucoup sur cet échange pour relancer une piste sur laquelle je n'ai pas assez avancé. Il a une équipe qui travaille sur les nanoparticules vectorisées connexes. Moi j'avais imaginé un modèle qui se rapproche de cela mais j'avais privilégié les structures plus légères qui sont hélas aussi plus fragiles. C'est passionnant parce que derrière cette approche factuelle, on aborde un volet théorique qui est au cœur de la recherche fondamentale, à savoir la question de la récidive et des cellules atteintes qui semblent se mettre en sommeil et qui sont indétectables avant de renouer avec une activité de prolifération maléfique. Sauf qu'on ne sait pas les repérer et qu'on ne sait pas ce qui les réactive. C'est un peu comme si elles se mettaient à hiberner pour laisser passer l'attaque de la chimio et se réveillaient quelques mois plus tard.

Mais je me laisse emporter et je vous ennuie avec ces choses qui, moi, me passionnent. Souvent j'ai l'impression de vivre pour le progrès de la médecine… C'est comme une flamme intérieure qui brûle et ne faiblit jamais. Une colère toujours renouvelée qui jamais ne cessera. Je crois. Ma mère est morte à 36 ans du cancer du sein. C'est presque l'âge que j'ai aujourd'hui. Elle s'appelait Anne-Marie. L'an prochain j'aurai vécu plus longtemps que ma mère et ça me rend triste. Moi, à l'époque, j'avais 9 ans. Cette mort m'a paru tellement injuste, tellement scandaleuse, c'était une femme si gaie et si douce, que je suis entrée dans une colère terrible. Cela a décidé de ma vie. J'ai fait des études de médecine avec passion sans avoir jamais l'intention de soigner, mais de chercher. Je me suis mariée à un biochimiste qui était animé de la même flamme. Il travaille à l'Inserm. Nous sommes tous deux passionnés par nos travaux, parfois il a des suggestions remarquables. Vous savez, autant que le croisement des intelligences, l'interdisciplinarité est aujourd'hui une mine de renouvellement. Il faut savoir travailler ensemble, ce n'est pas si facile, ce sont des cultures différentes qui se fécondent et portent les innovations de demain… J'ai deux filles, l'aînée a huit ans, l'an prochain elle aura neuf ans… Elle s'appelle Anne. La seconde, Marie, a quatre ans. Elles me prennent beaucoup de temps et me rendent heureuse.

Ces quelques confidences vous permettront de comprendre pourquoi je préfère me consacrer à mon travail plutôt que d'aller à la rencontre des malades en face-à-face… Je vous enverrai une carte de Boston. Ne m'en veuillez pas de ne pas passer vous voir.

Bien à vous,

Anna K.

PS : Pour répondre à votre question concernant votre amie, je vais vous décevoir mais la forme active de la Vinastine, qui est construite à partir de la giroflée de Bombay comme vous l'avez bien compris, a des propriétés qui lui permettent d'attaquer les tissus mous. Elle n'est pas adaptée aux cancers des os ou des cavités, mais votre amie a forcément d'autres traitements basés sur des molécules qui savent attaquer les zones où elle souffre. Il existe aussi de puissants analgésiques pour soulager ce cancer qui est si douloureux.

Barthélémy Parpot
27 rue Bayard
31000 Toulouse

À Barthélémy Parpot
27 rue Bayard
31000 Toulouse

Le 31 juillet 2013

Cher moi-même,

Je prends beaucoup de plaisir à me lire et à m'écrire, et d'ailleurs il faudra que je remercie vivement Madame Annette qui a eu cette bonne idée à ma place.

Hier j'ai téléphoné du bureau des infirmières à mon docteur pendant que Bibi passait derrière moi en chantonnant bêtement Chabadabada. Il m'a dit que l'opération avait bien marché mais qu'il pouvait y avoir du cancer à côté du petit morceau d'estomac qu'on m'a enlevé, comme par exemple dans le foie et dans le poumon, c'est pourquoi il fallait encore explorer pour être sûr qu'on n'avait rien oublié avant de dire que j'étais guéri.

Le docteur a été très gentil avec moi comme à chaque fois. Je lui ai parlé des recherches d'Anna K et il ne s'est pas vexé. Il a dit qu'il fallait avoir espoir dans la recherche. À ce sujet ça me fait penser que Marie-Pierre l'aumônière m'a amené l'image du saint qui s'occupe du cancer. Ce n'est pas un très connu, il s'appelle Pérégrin et j'avais jamais entendu ce nom. Elle m'a dit qu'il faut réciter : « Ô grand saint Pérégrin, vous qu'on a appelé le « Faiseur de miracle », vous qui avez été guéri du cancer, intercédez pour nous auprès de Dieu et de Notre-Dame pour que cesse le cancer qui ronge notre vie chrétienne et que disparaissent les tumeurs malignes. Amen ! »

J'aimerais bien en faire profiter mes amis du groupe de parole mais j'ai peur que René se moque de moi avec des sarcasmes et de l'ironie blessante. En fait René il est jamais content. Je suis sûr qu'il était déjà comme ça avant d'avoir son cancer. De toute façon il y a beaucoup de gens qui sont jamais contents de rien alors qu'ils ont tout. Ils disent qu'ils sont moroses à cause de la crise et de la dette mais ils ont tous des téléphones portables plein les mains, des écrans plats géants plein les murs et des amis plein Facebook, alors moi je dis que la crise et la dette c'est juste un prétexte pour râler parce que ce qu'ils aiment vraiment, c'est râler et se plaindre tout le temps. Seulement à force d'être jamais contents, on a l'impression que le monde est gris et que le malheur s'étale partout. Autrefois ce n'était pas plus facile, il n'y avait pas les iPhones et les iPods, mais sur les chantiers, les maçons chantaient en travaillant, ils grillaient des gauloises sans filtre, ils sifflaient les filles et ils rigolaient bien. Aujourd'hui tout ça est interdit parce que fumer donne le cancer du poumon, siffler les filles est dégradant pour les filles, chanter en travaillant est dégradant pour le travail et rigoler pourrait donner le cancer du larynx.

D'après les études de René, le travail n'a jamais été aussi déprimant et aussi triste, et il serait même cancérigène. Moi je n'en sais rien car j'ai jamais travaillé à durée indéterminée. René dit que ce sont les patrons qui lui ont collé le cancer du côlon à force de se faire du mouron. Se faire du mouron, ça veut dire se faire de la mort petit à petit jusqu'au jour où ça vous tombe franchement dessus.

Moi à cause du cancer je me sens en sursis et c'est bête car tout le monde est en sursis mais sans le savoir. Je suis sûr qu'il y en a plein qui n'ont pas le cancer et qui vont mourir avant moi comme par exemple les 2 258 nominés de la route de cette année. Moi je n'en fais pas partie car je ne conduis pas et qu'on ne peut pas être nominé partout. Pourtant ceux-là ils vivent peinards, bien tranquilles dans leurs pantoufles alors que moi avec mes amis du cancer on a peur. Enfin il y a aussi des exceptions comme mon voisin de la rue Bayard qui croit toujours qu'il a le cancer, il fait plein d'examens tout le temps surtout au mois de janvier et de février, mais finalement il l'a jamais. Les médecins n'osent pas lui dire que c'est dans sa tête que ça ne va pas, il doit aimer se faire peur et la Sécurité sociale est bien gentille de tout lui payer en fermant les yeux. Quand on lui demande si ça va, il fait des simagrées et des manières. Il dit qu'il ne préfère pas en parler alors qu'il parle que de ça à tout le monde et même à moi qui ne suis rien pour lui. Puis quand il apprend qu'il n'a rien, il fait le grand soulagé qui est revenu de l'enfer alors qu'il n'y a même pas mis les pieds. Je tiens à préciser que moi j'ai jamais voulu savoir si j'avais le cancer et qu'il m'est tombé dessus sans que je le cherche, et aussi que mon voisin de la rue Bayard ne s'intéresse pas du tout à mon cancer.

Il va être l'heure d'aller à la gymnastique de l'estomac et du diaphragme que je fais avec un kiné moustachu à la salle B78, et pas avec la jeune et jolie kiné de la salle B79 ce qui démontre encore une fois que je suis jamais du bon côté de la barrière qui est ici une cloison. En descendant je vais passer par le hall me poster cette lettre pour que je l'aie bien vite puisque finalement j'adore recevoir de mes nouvelles.

En attendant de me lire, je me prie de bien vouloir agréer, mon cher moi-même, l'expression de mes sentiments les meilleurs.

Barthélémy Parpot

Laure Marie Eugénie
Comtesse de Saint-Mont
Seigneurie de Beaupré

Monsieur Friedrich Kurz
Zähringerstrasse 89,
1. City, ZÜRICH
SUISSE

Toulouse ce 1er août

Mon cher Friedrich,

Est arrivée l'heure de tenir la promesse que vous me fîtes il y a dix ans après la longue agonie de Lætitia, votre chère épouse et mon irremplaçable amie, alors que nous la pleurions au bras l'un de l'autre dans ce ravissant petit cimetière de Porto Venere où elle avait tenu à être enterrée face à la mer. À sa mer.

Je sais l'engagement qui a été le vôtre ces dernières années et j'ai lu dans la presse la mauvaise publicité qui vous a été faite. Je ne minimise pas les difficultés qui doivent être les vôtres, mais je ne doute pas que vous saurez être à mes côtés le 20 août prochain.

J'espère que vous n'aurez pas de problèmes pour passer la frontière. Le mieux serait que vous veniez en voiture. Avec ces histoires de terrorisme, l'avion est devenu un moyen de transport très compliqué, d'ailleurs cela fait plus de dix ans que je n'ai voyagé par les airs. Il faudra cependant, vu mon état de santé, que je m'y risque pour vous rejoindre le 20 août.

Confirmez-moi que ce sera possible, même si je n'envisage que ce puisse ne pas l'être.

Mes amitiés les plus tendres,

Eugénie de Saint-Mont

Carte postale

Au recto : Vue de Boston

View of Boston with skyscrapers, MA

Un petit bonjour de Boston,
Congrès très intéressant. Ville sympathique.
Professeur Gaskins charmant et accessible.
Continuez à bien vous soigner.
Cordialement,

Anna K.

Barthélémy Parpot
CHR Rangueil
Pavillon D - Chambre 203
31078 Toulouse cedex

Barthélémy Parpot
27 rue Bayard
31000 Toulouse

À Madame Anna Klodzineski
Laboratoire d'oncologie – GK Corp.
Parc Scientifique Jean Jaurès
31130 Balma cedex

Le 5 août 2013

Très chère Anna K,

Je suis très content de vous appeler Anna K mais j'espère que bientôt vous retirerez le K.

Je dois vous dire que je relis très souvent votre lettre et qu'elle est toujours dans ma poche car j'ai été très touché par vos confidences sur votre pauvre maman qui est morte à 36 ans quand vous aviez 9 ans. Moi ma maman est morte du cancer à 71 ans quand j'avais 31 ans et ça m'a fait beaucoup de peine aussi, et c'est pourquoi je peux bien comprendre votre peur de tout ça. Je crois même que je peux mieux comprendre que ceux qui se croient en bonne santé pour l'éternité. Je tiens à vous préciser que ce n'est pas parce que je suis malade du cancer que je ne peux pas avoir de l'émotion pour autrui surtout quand c'est vous, même si c'est vrai que les gens qui ont le cancer pensent beaucoup à eux ce qui est normal car il ne leur reste plus beaucoup de temps à partager avec eux-mêmes. C'est dur de se quitter. On a beau s'y préparer, ne pas être fier de soi, ne pas s'aimer beaucoup, il n'empêche que les séparations font oublier tout ce qui n'était pas bien avant. Et puis il y a aussi ceux qui ont des remords et qui sont bien embêtés de partir avant d'avoir réparé, mais les plus nombreux sont ceux qui ont juste le regret de n'avoir pas profité davantage et repris de tout, en général ceux-là trouvent que ce n'est pas juste de mourir alors que souvent c'est leur vie qui n'était pas juste.

Je suis ravi d'être un peu votre confident. Ça montre que je compte un peu pour vous, même si c'est à peine, et ça me donne le courage de vous dire que je vous trouve très jolie et aussi très belle, et que j'admire votre colère contre le cancer. Tous les gens intelligents devraient être comme vous dans la colère et la Recherche contre le cancer. Moi évidemment je ne peux pas car j'ai été à l'école jusqu'avant le bac, puis j'ai pris des cours de comptable au CNAM sans avoir l'examen. En fait je sais des choses car je lis les journaux et aussi des livres, mais tout est partout et un peu en désordre dans ma tête, et finalement je ne peux rien en faire.

J'espère que vous allez avoir bientôt le Prix Nobel surtout si vous trouvez le remède que les 29 856 impatients attendent de pied ferme. Tout le monde votera pour vous, c'est sûr, plutôt que pour un Américain qui va encore graisser la patte du jury avec des dollars et des menaces. À ce sujet je vous conseille de vous méfier du professeur Gaskins même s'il est charmant et accessible comme vous dites car je vous rappelle qu'il y a un tueur en série dans la Caroline du sud qui s'appelait Gaskins dans les années 1968 et on sait jamais, il ne faudrait pas que ce soit son fils.

Voilà, j'aimerais que vous ayez envie de me faire encore quelques confidences en passant et sans en avoir l'air, et moi bien sûr je ferai semblant de ne pas les entendre pour pas que vous soyez gênée, et ainsi comme ça nous aurions un peu d'intimité entre nous sans blesser votre entourage.

Dans l'attente, je vous prie de recevoir, chère Anna K, l'expression de ma muette et totale discrétion.

Barthélémy P.

Compte rendu du groupe de parole n° 29 du 05.08.2013 :

Séverine Chaudron, psychologue diplômée de l'École de Brive.

Étaient présents :
Antoine Cabressac, René Daugier, Daniel Frogier, Rémi Labarthe, Barthélémy Parpot, Solange Raynac, Paul Zuberski

Arrivée – départ :
Lola Campardou est revenue de son centre de convalescence suite à une aggravation inattendue de son état, mais elle n'est plus en état de rejoindre le groupe : je donne l'information à contre-cœur mais dans le respect de la charte déontologique signée par le groupe (cf. Article 7 alinéa 7.3).
Absence excusée d'Eugénie de Saint-Mont qui doit préparer un voyage (destination non communiquée)
Arrivée d'Antoine Cabressac.

Tour de table :
Présentation d'Antoine Cabressac (personne hautaine et dépressive, en costume cravate qui tranche avec le groupe) : il nous a dit qu'il était banquier, membre du Directoire de la BNCP qui traverse comme chacun sait de grosses difficultés, qu'il a le cancer du stress (c'est son expression) et qu'il a été licencié car la gouvernance de la Banque ne voulait pas d'un cancéreux déprimé dans ses rangs.

Bizarrement un débat spontané s'engage autour de ce nouvel arrivant sans que je puisse le canaliser. C'est d'abord Rémi qui propose de mettre la tête des banquiers au bout d'une pique, puis Solange et René lancent que c'était bien fait pour lui. J'essaie de m'offusquer, mais Paul en rajoute et dit que c'est à cause de sales types comme lui que le monde va mal. Je l'engueule mais Daniel me coupe la parole et lui donne raison. Solange dit que pour une fois le cancer était tombé au bon endroit. Je suis en difficulté et le banquier ne réagit pas, il se recroqueville sur sa chaise. Finalement il relève la tête et dit qu'il a perdu son travail, son grand bureau du 22e étage, sa jolie assistante qui lui amenait le café tous les matins avec un mot gentil, et aussi sa grosse Mercédès noire de fonction.
Je risque un mot de consolation dans l'indifférence générale. Antoine Cabressac dresse un tableau sombre de la bourse et dit que le CAC 40 continue à baisser. Parpot croit qu'il s'agit du Centre Anti-Cancéreux 40, ce qui déclenche un fou rire général et détend l'atmosphère d'autant qu'il a compris que Nikkei et Dow John, mal en point aussi, allaient rejoindre notre groupe.
J'en profite pour généraliser le propos et désamorcer les tensions : je propose de prendre « la crise et la dette » comme sujet de débat.

<u>Le débat du jour est « La crise et la dette » :</u>
L'échange est intéressant. Antoine Cabressac s'en mêle assez peu. René est très virulent sur le sujet et rappelle sans cesse qu'il est syndicaliste.

C'est Solange qui donne une juste image en expliquant que la crise et la dette sont le cancer de la société car elles s'étalent et grandissent toujours jusqu'à ce que la société meure. Paul estime que l'image est fort juste, et qu'elle peut être étendue aux divers maux de la société, il cite notamment la mafia et le fascisme. Parpot dit que la crise fait peur même si on n'a rien, car ça tombe toujours sur les mêmes qui peuvent avoir moins que rien, pendant que les autres se débrouillent toujours. René l'approuve vivement. Rémi aussi. Solange ajoute qu'à son avis, notre société n'est pas encore prête à accepter les chimios et les opérations à vif pourtant nécessaires pour faire face à la crise. Cabressac approuve silencieusement. Parpot demande s'il s'agit comme pour son estomac, d'enlever par exemple un petit bout des retraites ou des allocations. Au lieu de l'amusement espéré, son exemple déclenche les foudres de René, qui recommence à s'en prendre à Cabressac. J'arrête le débat.

<u>Faits marquants et/ou signifiants :</u>
Au moment où je regardais l'agenda pour fixer la prochaine réunion, Antoine Cabressac s'est levé solennellement. Il a présenté ses excuses et a dit qu'il faisait repentance. Plusieurs membres ont haussé les épaules pour manifester leur désapprobation. Parpot a dit « jamais deux sans trois ». Tous se sont tournés vers lui. Il a expliqué qu'il venait de voir à la télévision la repentance d'un homme politique qui avait pris de l'argent et celle d'un sportif qui avait pris des médicaments. D'après lui ça servait à rien car ils demandaient pardon de s'être fait prendre mais pas d'avoir pris. Tout le

monde approuve. Il ajoute que tous ces gens qui se repentent veulent surtout recommencer pareil comme la veille. Il est alors chaleureusement applaudi. Ce Parpot tient parfois des propos étonnants.

Friedrich Kurz
Zähringerstrasse 89,
1. City, ZURICH
SUISSE

Madame Eugénie de Saint-Mont
Hôpital de Rangueil
Pavillon D, chambre 408
31078 Toulouse cedex

Le 06.08.2013

Madame,

Je n'ai qu'une parole, je serai à vos côtés le 20 août à midi.

Vous devez avoir un témoin avec vous comme convenu.

Bien à vous,

Friedrich Kurz

La Comtesse Eugénie de Saint-Mont a le plaisir de vous inviter à la réunion de préparation du voyage du Vingt Août.

Ce soir, à 17 heures, chambre 408

Barthélémy Parpot
27 rue Bayard
31000 Toulouse

À Barthélémy Parpot
27 rue Bayard
31000 Toulouse

Le 8 août 2013

Cher moi-même,

Je sais que tu ne te sens pas très bien, mais parfois il faut se parler des choses graves dont on n'a pas envie. Je ne suis pas sûr que ma lettre va te faire plaisir quand je vais la lire, mais je dois l'écrire pour nettoyer les toiles d'araignée qui sont dans ma tête.

En fait j'ai compris que dans la vie il vient toujours un jour où l'on est obligé de se dire qu'il est trop tard, qu'on ne peut plus rien changer, qu'il reste peut-être vingt ou trente années à vivre mais qu'elles serviront à rien, parce qu'on pourra juste faire pareil qu'avant.

C'est une idée qui n'arrive pas d'un jour à l'autre comme un lundi de Pentecôte qui est marqué sur le calendrier, elle vient plutôt un peu de temps en temps comme une impression triste qu'on ne peut pas écarter. Et puis un jour, comme ça, à force d'avoir ces sensations-là, on se dit que sa vie entière est derrière et on en est sûr.

Moi j'ai cette idée depuis février et je sais que l'heure de renverser le cours des choses est passée. Je n'aurai jamais d'épouse pour la vie, ni de travail, ni d'argent pour vivre comme un prince dans un pavillon avec un garage et une clôture qui ferme. Je dois juste attendre que les mégastases me rongent, et je crois que ça n'a pas d'importance de mourir demain plutôt qu'après-demain, car de toute façon même si Anna K trouve le remède qui sauve, elle n'aura pas le temps de trouver le remède qui rend heureux sans effet secondaire.

Il est trop tard pour moi. Je ne ferai pas les belles choses qu'on désire en naissant et en voyant les autres. Mon corps est malade, ma tête est fatiguée et les autres ne me donnent plus tellement envie. C'est pareil avec les jolies femmes. Avant ça me faisait mal de me dire qu'elles m'aimeraient jamais et qu'elles feraient toujours les gentillesses et les câlineries aux autres. Maintenant c'est plus pareil, je m'en moque un peu et ça ne me rend pas malheureux de ne pas les serrer toutes nues dans mes bras même si parfois je trouve ça un peu triste.

Bien sûr je suis très content d'avoir près de moi Anna K que je regarde avec vénération, et la dame de l'ADMD qui est aussi jolie que sérieuse, et Eugénie pour qui j'ai de l'affection et du respect même si elle est un peu de l'aristocratie de la jambe en l'air, et aussi l'aumônière qui me plaît de manière pas toujours catholique mais c'est tellement impossible que c'est comme si je n'y pensais pas. Sans parler de Séverine et de Bibi qui ne sont pas jolies-jolies. J'aime beaucoup penser à elles ce qui prouve que je suis en vie. Car être en vie, c'est avoir envie sinon c'est qu'on est mort ou presque mort. Quand il reste un peu de vie, le désir se faufile et se raccroche comme quand je rêve que la dame de l'ADMD fait lentement glisser son pantalon de cuir sur ses chevilles pour me montrer ses jolies fesses et que j'ai peur qu'Anna K entre à ce moment-là dans ma chambre.

À la vérité toutes ces gentilles autour de moi m'inquiètent car c'est seulement au moment de naître et de mourir qu'on est entouré de femmes prévenantes, et moi je suis déjà né. Le pire c'est tout de même quand Marie-Pierre reste à votre chevet. Elle pourrait être la Dame en noir sauf qu'elle se balade avec un sac Vuitton et qu'elle est habillée avec des couleurs guillerettes comme l'orange ou le vert anis, et qu'on a envie d'aller avec elle ce qui n'est pas le cas avec l'autre lugubre qui est sur les tableaux des églises et sur les tarots.

Pourtant la vraie souffrance quand la mort approche, c'est de regarder sa vie et de ne pas en être content. Moi je ne suis pas très content de la mienne surtout quand je compare avec les films que ma mère regardait comme par exemple *La dolce vita* lorsque Mastroianni va dans la fontaine de Trevi avec la belle dame en fourreau noir. Moi je suis jamais allé dans aucune fontaine au milieu de la nuit. Bien sûr j'aurais pu le faire mais personne ne serait venu me rejoindre, sans même penser évidemment à une jolie dame avec un fourreau noir. J'aurais juste eu les pantalons et les souliers mouillés… Ma vie c'est ça, comme la fontaine de Trevi à Rome mais sans les projecteurs et sans Anita Ekberg, juste l'obscurité et les pantalons mouillés et l'eau froide qui glace jusqu'à l'os quand on sort.

Je dois m'arrêter d'écrire car je dois aller à 17 heures précises chez la comtesse. Elle va me donner le billet, l'heure où l'on part et aussi un habit pour moi à ma taille que sa couturière doit lui amener, parce que là où on va il faut être en costume et chemise blanche, et pas en survêtement. En fait je ne sais toujours pas où on va car la comtesse veut me faire la surprise, et moi ça me plaît qu'on me fasse des surprises surtout quand elles sont bonnes.

Bien sûr tu vas peut-être trouver ma lettre un peu triste comme quand je l'ai écrite ce soir, mais c'est juste une façon de voir, et je te promets de m'écrire l'autre façon de voir, car jamais il n'y a qu'une façon de voir dans la vie.

En attendant, je te prie de recevoir, mon pauvre cher moi-même, l'expression de ma vive sympathie.

Barthélémy Parpot

SMS du 9 août

Solène

Suis au workshop sur l'instrumentation dédiée. Il y a un Australien absolument craquant qui n'arrête pas de me regarder !!!

14 :45 – 09.08

Anna

Je croyais que tu avais un fiancé à Toulouse !

14 :46 – 09.08

Solène

Tu es bien mariée et tu as ton petit Barthélémy Parpot chéri…

Hans est avec toi ?

14 :47 – 09.08

Anna

Non ! Stop ! Séance commence. J'interviens à 16 h 30. En avant-dernière position.

14 :47 – 09.08

Congrès CIRAC 2013

Workshop B-12 Stomach/Salle Farber/09.08.2013

Extrait intervention du Dr Anna Klodzineski :

« … Dans les années 50 les travaux de Papanicolaou, d'Auerbach et d'autres ont montré que le cancer apparaissait progressivement par une suite de transitions nettes. Des décennies avant qu'un cancer du col de l'utérus ne devienne invasif, des nuages de cellules prémalignes non invasives sont observées dans les tissus. De même des cellules prémalignes peuvent être observées dans le poumon d'un fumeur avant l'apparition du cancer, ou des adénomes non invasifs dans le cas du côlon… »

« … La molécule dont je vais vous présenter les premiers résultats a pour singularité d'avoir son pic d'efficience dans un intervalle de temps très précis qui se situe dans une période qu'on pourrait nommer période pré-dégénérative de la bactérie H. pylori… »

Intervention du modérateur P.J. Hunter

« Avant de passer la parole au professeur Sidherjee qui va conclure notre workshop, je tiens à saluer l'excellente présentation du Dr Klodzineski et à la remercier d'avoir axé son propos dans la prospective des deux thématiques qui sous-tendent notre CIRAC 2013… »

Extrait intervention du Pr Sidherjee :

« … Le cancer est inscrit dans notre génome. Il survient à partir de mutations dans des gènes essentiels qui

régulent la croissance des cellules. Ces mutations s'accumulent quand l'ADN est endommagé soit par des causes externes soit par des erreurs fortuites de réplication lors de la division cellulaire. Le premier dommage pourrait être évité mais le second est endogène. Le cancer est un défaut dans notre croissance, un défaut profondément enfoui en nous. Pour nous débarrasser du cancer, il faudrait nous libérer des processus de notre physiologie qui concernent la croissance, comme le vieillissement, la guérison ou la reproduction… »

« … Nous ne savons pas pourquoi une cellule cancéreuse continue à se diviser sans jamais s'arrêter. On peut se demander si l'immortalité du cancer n'est pas liée à la physiologie normale de l'organisme. Ce thème important peut être abordé de multiples façons et l'exposé du Dr Klodzineski, que je tiens à saluer, en a été une excellente illustration… »

SMS du 9 août

Solène

Je ne dîne pas avec toi ce soir. Rupert m'a invitée. Si tout va bien, je risque de rater l'avion de jeudi et de prendre celui de lundi matin.
18 :12 – 09.08

Anna

? ? ?
18 :12 – 09.08

Solène

Petite virée improvisée de 4 jours aux chutes du Niagara. Te raconterai tt à l'heure.
Tu vas boire un verre avec Hans ?
18 :14 – 09.08

Anna

Je me moque de Hans !
18 :15 – 09.08

Solène

Que tu es triste ! Ce petit doctorant norvégien est très mignon et très gentil ! En plus il te fait les yeux doux depuis deux jours.
18 :16 – 09.08

Anna

J'en ai rien à faire.
18 :16 – 09.08

Solène

Lâche-toi donc un peu ! Profite des bonnes occases de la vie ! Tu es à 6 000 km de chez toi, personne n'en saura rien. Ce n'est pas quand on aura le cancer du sein qu'on fera le grand huit !
18 :17 – 09.08

Anna

Bonne nuit.
18 :17 – 09.08

Barthélémy Parpot
27 rue Bayard
31000 Toulouse

À Barthélémy Parpot
27 rue Bayard
31000 Toulouse

Le 12 août 2013

Cher moi-même,

J'ai reçu ma lettre du 8 août 2013 et j'ai été étonné de lire ce que je pense de ma vie. C'est vrai que je n'ai pas eu de femme et de travail avec le salaire et les enfants qui vont bien, mais aujourd'hui que la mort me regarde droit dans les yeux même quand je tourne la tête, je dois reconnaître que j'ai aussi beaucoup de jolis souvenirs. En tout cas, j'en ai assez pour regretter ma vie qui s'en va et c'est tant mieux.

Il y a tous les moments heureux quand j'étais petit dans le jardin de la maison de Béziers avec les escargots et les petits lézards gris. C'était plein de couleurs et d'odeurs. J'y passais des heures avec mon chat noir, assis dans un taillis de noisetiers, à regarder avec lui les poissons rouges du bassin en ciment. Il y a aussi les moments dans ma chambre qui avait été aménagée dans le grenier au milieu de tas de meubles et de cantines jamais ouvertes. Mon père avait mis un matelas sur un vieux sommier tapissier et une lampe orange à côté pour lire le soir. Le petit chat noir dormait à mes pieds. Le matin il y avait des rayons de soleil qui se faufilaient entre les tuiles et qui nous réveillaient. Puis le petit chat noir a disparu et le même mois mon père a eu son accident de wagon. Ça a été comme si ma vie basculait vers pas grand-chose.

Ensuite j'ai commencé à tout rater, comme le brevet et le baccalauréat et le permis de conduire, et à décevoir ma mère qui m'aimait bien. Elle disait souvent « mon bon à rien de fils » avec beaucoup d'amour et ça me touchait car il faut du mérite et de l'abnégation pour aimer un bon à rien. Elle aurait préféré que je sois comme les autres avec des diplômes ou comme mon frère qui réussissait, mais je crois qu'au fond c'est moi qu'elle préférait parce que je lui ressemblais davantage et que j'oubliais jamais son anniversaire.

Et puis aussi quand je réfléchis avec sincérité à ma vie, je me dis que j'ai aimé les gens durant toute ma vie, et que ça m'a rendu heureux même si ça n'a pas souvent marché dans l'autre sens. J'ai aimé parler avec eux, leur donner un coup de main comme par exemple pour monter une armoire ou pousser leur voiture quand elle ne démarrait pas, et rire de leurs plaisanteries même quand je ne les comprenais pas. Je me souviens de la première fois où quelqu'un m'a offert un coup à boire au café, et de celle où un monsieur m'a donné son numéro de téléphone, et aussi de la fois où ma belle-sœur m'a amené à l'opéra parce qu'il lui restait une place. Et bien sûr je me souviens de la fois où j'ai fait l'amour avec Galipsina dans le pré de Lourdes qui était en pente au bord de la forêt par une nuit pleine d'étoiles filantes du mois d'août.

Il y a aussi les amis du Café des Sports et le serveur qui se moquent de moi mais qui m'aiment bien. La preuve c'est que les rares fois où je peux retourner au Café des Sports, ils savent plus quoi m'offrir tellement ils sont contents de pouvoir encore se moquer de moi. Je fais partie de leur vie même s'ils ne s'en rendent pas compte et moi ça me rassure.

Et même ici, au centre anti-cancer, avec toutes ces jolies femmes qui sont autour de moi comme une nuée de papillons fleuris, je reconnais que c'est une belle façon de finir ma vie surtout pour moi qui n'ai pas été entouré tous les jours. Bien sûr ça arrive un peu trop tard, il n'empêche que j'aimerais que cette fin dure longtemps. Au sujet de ce qui arrive trop tard, il y a dans la chambre 204 à côté de la mienne un homme âgé avec un cancer du péritoine qui se lamente parce qu'il a le sentiment d'avoir rien compris à la vie. Il n'arrête pas de répéter que s'il avait su, ça ne se serait pas passé pareil. Comme je ne voyais pas bien de quoi il voulait parler, il m'a dit « Mais de tout ! » Puis il m'a donné l'exemple des femmes. Quand il était jeune, il était transi devant les femmes, il les respectait comme des divinités et il n'en obtenait rien du tout. Comme moi, je lui ai dit. Tout juste avait-il de temps en temps une fiancée qui lui laissait prendre un baiser sur les lèvres mais pas plus. Moi je lui ai dit que c'est déjà pas mal. Puis avec l'âge il s'est marié et il a même eu deux maîtresses dans sa vie. Je lui ai dit qu'il avait eu beaucoup de chance et il a haussé les épaules. Il a baissé la voix pour me dire qu'il avait compris la vraie nature des femmes alors qu'il était déjà trop vieux pour en profiter ! Il ne fallait surtout pas les respecter mais seulement décider et prendre. Que ça marchait comme ça. Moi je lui ai dit qu'il se trompait parce que respecter et adorer, c'est plus fort que mépriser et prendre. Je lui ai dit que je n'avais pas des démonstrations intelligentes comme lui qui était professeur de sciences naturelles, mais que j'étais sûr et certain que ce que j'ai aimé et admiré sans rien obtenir m'a rendu plus heureux que ce que j'aurais obtenu sans admirer et aimer. J'ai ajouté que même quand j'aurais 80 ans, même si bien sûr je n'aurais jamais 80 ans à cause du cancer, je le penserais encore. Mon voisin au regard noir s'est soudain détendu et il m'a dit avec la voix tranchante du professeur qui interroge le dernier de la classe : « Vous êtes sûr de ce que vous dites ? » J'ai dit « Oui, oui et oui » et alors c'est comme s'il avait fondu, les traits de son visage se sont déliés, il a retrouvé un air de petit garçon.

« C'est la chose la plus intelligente qu'il m'ait été donné d'entendre depuis bien longtemps ! » il a dit. Là je lui ai répondu qu'il devait se tromper ou exagérer parce que d'habitude les gens pensent que je ne suis pas très malin pour les choses et les idées.

Je suis fatigué mais je pourrais encore écrire d'autres pages de bonnes choses simples qui me sont arrivées et que j'aimerais bien qui m'arrivent encore durant les siècles des siècles comme dit Marie-Pierre. Évidemment ce ne sont pas les choses de la publicité et des magazines comme les vacances au ski, les risottos aux truffes, l'iPhone n° 24, ou les chemises en lin. En fait si je mets de côté les ordres et les ultimatums de la publicité, je peux tout de même être un peu content de ce qui s'est passé dans ma vie. Le problème c'est qu'on ne peut pas échapper à la publicité même quand on a les moyens de rien s'acheter, alors que sans publicité on pourrait être facilement plus heureux.

Avant de terminer et même si j'ai vraiment mal aux articulations de mon index, il faut à tout prix que je m'écrive cette histoire de joli voyage de rêve qui m'arrive avec la comtesse. Elle m'a dit que nous allions aller à Venise, dans le plus beau palace de Venise qui s'appelle le Danieli et qui donne sur la lagune comme dans la chanson de Charles Aznavour que je connais par cœur. On va partir en taxi et puis en avion, ce qui est incroyable car je pensais mourir sans avoir pris l'avion une fois dans ma vie, ce qui n'était pas très grave vu qu'il y a des millions d'autres choses que je n'aurais jamais faites dans ma vie. Je vais mettre un beau costume gris qui me va bien avec des souliers noirs et une chemise blanche. Voilà on ne va pas le dire à l'hôpital mais juste descendre à 11 h 00 devant le pavillon où il y aura un taxi pour nous emmener à l'aéroport de Toulouse Blagnac. Je ne sais pas ce qu'on va faire à Venise, je pense que c'est une sorte de pèlerinage comme si Eugénie voulait voir une dernière fois la cité où elle a connu son Eduardo dont elle me parle parfois.

Je me suis tout dit pour ce soir et je me souhaite, mon cher moi-même une excellente nuit pleine de sommeil et de rêve de Venise bien que ça me fasse un peu peur d'aller à Venise.

Barthélémy Parpot

Monsignore Emilio di Maggiore
Évêque de Côme

À l'attention de Madame Eugénie,
Comtesse de Saint-Mont

J'ai eu l'appel de votre amie et je lui ai répondu favorablement quant à ma présence le 20 août sous réserve que je déplace quelques engagements. C'est chose faite.

Soyez sans crainte très chère comtesse, rien de votre part ne saura jamais froisser mes convictions qui sont, vous avez pu à plusieurs reprises le constater, assez souples et empreintes de compassion envers votre personne… Mais il n'en demeure pas moins vrai que je préfère qu'une certaine discrétion entoure ma venue.

J'arriverai à Venise le 19 en fin d'après-midi et je repartirai le soir même. Je ne séjournerai donc pas au Danieli. Il est inutile de me réserver une chambre.

Votre dévoué Emilio

Évêché de Côme – Via Pretorio – 22100 Côme

Courriel du 14 août

solenep@gmail.com a écrit à annak@yahoo.fr le 14 août 2013 – 06 : 23

Chère Anna,

Je suis rentrée ce matin mais je ne résiste pas à l'envie de t'écrire avant d'aller dormir.

J'ai passé 4 jours merveilleux avec Rupert. Hors du temps et des contraintes. Que pour moi !

La vie est trop courte pour ne pas faire ce qui nous fait envie. Il faut agir suivant nos désirs et nos intuitions. Vivre tout ce qui s'offre à nous et ne rien regretter !

Avec Rupert on s'est trouvé un petit hôtel extraordinaire à l'orée d'une forêt de sapins qui donnait sur le lac Erie. Paysage magnifique, pour une histoire merveilleuse et simple. Les Australiens ne sont pas compliqués, ils sont là, tendres et amicaux, ils ne vous prennent pas la tête. C'était délicieux de vivre avec lui ces jours de marche, de canoë, de pêche... et de pécheresse ! Le soir on faisait du feu pour griller les poissons. C'était bon. Peut-être que je ne le reverrai jamais, mais ce n'est pas grave. Il est dans le coffre de mes souvenirs précieux.

Je me sens heureuse et sans nostalgie.

Je t'embrasse et je vais dormir ! Je dois avoir des dizaines d'heures de sommeil de retard...

Solène

annak@yahoo.fr a écrit à solenep@gmail.com le 14 août 2013 – 11 : 55

Chère Solène,

Je suis contente pour toi… Et sans doute as-tu raison quant aux intuitions qui nous animent.

Moi j'ai décidé de passer voir Parpot parce qu'il me touche et sans doute parce que je vais avoir l'impression de faire une bonne action…

À bientôt,

Je t'embrasse, Anna.

Barthélémy Parpot
27 rue Bayard
31000 Toulouse

À Madame Anna Klodzineski
Laboratoire d'oncologie – GK Corp.
Parc Scientifique Jean Jaurès
31130 Balma cedex

Toulouse le 17 août 2013

Très chère Anna K de la Sainte Recherche,

Je suis tellement heureux de vous avoir vue que je remercie le bon saint Pérégrin de m'avoir donné le cancer qui m'a permis de parler avec vous. Jamais de ma vie une femme aussi belle et aussi intelligente n'était venue me parler normalement, et même si vous avez été bien discrète, ce qui est normal pour une première fois, j'ai bien vu la bonté qui est en vous, car quand on a été dans la malchance toute sa vie, à trois exceptions près qui se sont toujours mal finies, on sait reconnaître une bonne personne.

Je vous ai bien regardée pour être sûr de vous avoir devant les yeux durant les prochaines chimios qui vont évidemment bien se passer grâce à vous. Mon traitement doit s'arrêter bientôt mais on ne m'a pas dit si mon cancer s'arrêtera aussi. De toute façon ça ne m'empêchera pas de prendre le médicament que vous êtes en train de fabriquer parce que deux précautions valent mieux qu'une et qu'un homme averti en vaut deux.

Vous dites toujours que votre molécule sera une petite avancée mais moi je crois que vous êtes trop humble et trop modeste. C'est comme quand vous dites qu'il faut de la chance pour trouver la molécule, moi je connais des tas de bons à rien du Café des Sports qui pourront jamais la trouver même avec de la chance. Par contre je suis content quand vous dites qu'il faut s'écarter des sentiers battus, accueillir les idées saugrenues, tout mélanger dans les disciplines, et sortir des dômes, parce que soudain j'ai l'impression d'avoir ma chance dans un monde qui serait comme vous dites, sauf qu'évidemment il est trop tard pour moi.

Ce que vous m'avez raconté sur les essais qui sont faits en même temps plutôt que les uns après les autres comme ça doit se faire, m'a beaucoup plu et vous avez rudement eu raison de le faire malgré les gens qui ne voulaient pas. Je n'ai pas bien compris ce que vous avez trouvé sur la puissance de la molécule, mais ça me fait bien plaisir car j'ai cru deviner que la molécule pas puissante était aussi bien que les autres ce qui n'est que justice dans ce monde où c'est toujours les plus forts qui gagnent et qui gâchent la vie des autres. Tout ça n'est pas du hasard même le truc de l'hyper acide que vous m'avez raconté ! Et d'ailleurs moi je vous dis que si vous pensez qu'il faut de l'hyper eau de javel ou de l'hyper bouillon de légumes pour tremper la molécule, il ne vous faut pas hésiter parce qu'on sait jamais.

Je dois vous dire que je pars après-demain à Venise pour accompagner la comtesse Eugénie qui n'est pas du tout en forme. Ce sera un voyage de trois jours et nous serons revenus le 21 au soir. Je n'ai pas osé vous le dire hier parce que ça me gênait de vous dire que je partais à Venise avec une autre alors que vous aviez fait le déplacement exprès pour me voir. Je ne sais pas très bien ce que je vais faire à Venise mais je suis content d'y aller parce que ce sera la première fois de ma vie que je prendrai l'avion et que j'irai à l'étranger en dehors de l'Espagne où je suis allé une fois avec ma mère. Ça me distraira et ça me fera penser à autre chose car il faut dire que le cancer est comme une incarcération. Il vous prend la tête et il vous oblige à tout le temps penser à lui même quand on ne veut pas.

En espérant qu'il me soit donné de vous revoir ici-bas, je vous prie de recevoir, très chère Anna K, l'expression de ma joie infinie de vous avoir connue pour de vrai.

Barthélémy P.

WORLD FLOWER

Commande 13/512
Livraison 19.08.13
Bouquet de : Giroflées de Bombay

À l'attention de :
Anna Klodzineski – GK Corp. – Parc Scientifique Jean Jaurès – Balma.

Message joint :
« Chère Anna K,

Je viens de toucher le RMI aujourd'hui et je voulais vous remercier de votre bonne présence sur terre. Je pars à midi à Venise. Est-ce que je peux vous embrasser dans mes rêves ? Votre Barthélémy P. »

CARTE EMBARQUEMENT AIRFRANCE

BOARDING PASS
Name : PARPOT/BARTHELEMY
E-ticket : 057259963214

Flight	Date	From	To	Departure	Gate	Boarding	Siege
AF1256	19AOU	Toulouse	Venezia	12 :50	9K	12 :30	11B

CARTE EMBARQUEMENT AIRFRANCE

BOARDING PASS
Name : DE SAINT-MONT/EUGENIE
E-ticket : 057259956212

Flight	Date	From	To	Departure	Gate	Boarding	Siege
AF1256	19AOU	Toulouse	Venezia	12 :50	9K	12 :30	11C

Biglietto VAPORETTO
TURISTICO 24 ORE On site
20,00 T 24 - DUO

Partita iva 007 62 090
REGIONE DEL VENETTO
Imob.venezia - Imob.venezia - Imob.venezia

HÔTEL DANIELI

* * * * *

Monsieur Barthélémy PARPOT
Chambre 12
Votre contact à l'écoute de vos besoins et de vos envies
Signor Giuseppe Montaldi
Ligne fixe : 660 – Portable : 06 08 09 89 89

Barthélémy Parpot
Hôtel Danieli
Chambre 12

À Barthélémy Parpot
27 rue Bayard
31000 Toulouse

Le 19 août 2013

Cher moi-même,

Aujourd'hui il m'est arrivé trop de choses nouvelles et ça a fini par me faire peur. C'est pour ça que je commence à m'écrire tout de suite parce que fixer ses impressions sur le papier ça permet de les empêcher.

D'abord il y a eu l'avion avec l'aéroport de Toulouse-Blagnac qui est très bien tenu et qui ressemble à un centre commercial avec des boutiques très chics, ce qui est bien sûr pratique pour les voyageurs qui ont oublié leurs affaires à la maison. C'est un aéroport très grand comme il se doit pour un aéroport international qui reçoit sept millions de passagers par an comme ils l'écrivent partout sur de grands panneaux. Ils ont l'air très contents d'être international mais je ne sais pas pourquoi. Moi heureusement que j'avais Eugénie sinon je me serais perdu car c'est très compliqué pour les billets et les comptoirs. Il y a des queues partout ce qui est normal quand il y a sept millions de personnes, d'autant que tout est indiqué pour ceux qui savent déjà où ils vont, parce que les aéroports c'est comme la vie, c'est fait pour les gens qui savent déjà ce qu'il faut faire. À un moment il faut enlever sa ceinture et ses souliers et aussi vider ses poches à cause des terroristes. Les agents m'ont regardé avec un sale air quand ils ont voulu fouiller ma valise qui était vide. Ils ont cherché à trouver un double fond ou une poignée creuse comme dans Arsène Lupin mais ils n'ont pas eu le temps à cause de la nouvelle queue qui s'était formée derrière moi. Après l'espace des terroristes, il y a l'espace d'embarquement qui ressemble lui aussi à un centre commercial avec des boutiques de luxe mais moins chères à cause du free tax sauf que c'est le même prix. En fait ce qui est important dans la vie aujourd'hui, c'est que les gens achètent tout le temps. Ici à l'aéroport de Toulouse-Blagnac, on veut leur faire croire qu'ils sont venus pour acheter et pas pour prendre l'avion comme ils pensaient, d'ailleurs il y a des réclames partout même quand on tourne les yeux pour pas les voir. Souvent ce sont de jolies jeunes femmes souriantes en petite culotte qui vous tendent quelque chose, comme une grosse montre par exemple, dont on n'a pas envie. On aurait plutôt envie d'être avec la jolie souriante mais comme ce n'est pas possible, on croit que la grosse montre peut la remplacer mais ce n'est pas vrai.

Dans l'avion, c'est plus sérieux parce qu'il faut attacher sa ceinture et apprendre les masques à gaz avec l'élastique et aussi le gilet gonflable. Les autres passagers n'écoutaient pas et ne regardaient pas mais moi j'ai tout bien suivi et j'ai même posé une question ce qui a étonné l'hôtesse qui m'a regardé attendrie.

Ensuite au décollage ça fait une drôle de sensation quand ça accélère très fort, à vous retourner l'estomac pour ceux qui en ont un en bon état, ce qui n'est pas mon cas mais ça ne m'a pas empêché d'avoir très peur. Dans le ciel c'était très beau avec du soleil et des nuages blancs en dessous de nous, et puis plus de nuages mais des montagnes et la mer, et après on est redescendu et tout s'est mis à grossir jusqu'à redevenir le monde réel et non plus une maquette comme quand on est au ciel. On s'est posé à Venezia Marco Polo qui est aussi un aéroport international avec les magasins qu'il faut. On a pris un taxi à travers les rocades et les autoroutes jusqu'au vaporetto qui est comme un bus à Toulouse avec des gens debout qui se tiennent à la barre verticale sans sourire du tout. Les gens de Venise qu'on appelle les Vénitiens doivent être bien agacés d'avoir toujours du monde dans leurs canaux mais ils ne se plaignent pas. Ce n'est pas comme en France où on se plaint tout le temps et sans raison même dans des villes sans touristes comme Béziers. René il dit qu'on a raison de râler, que c'est tous des cons et des pourris, mais je ne sais pas de qui il parle, et lui non plus sans doute. De toute façon il se trompe. La preuve c'est que dans le vaporetto, un monsieur s'est tout de même levé pour qu'Eugénie s'assoie et je l'ai remercié en français mais il a regardé ailleurs comme s'il était vexé qu'on le remercie pour quelque chose de si normal pour un être civilisé de Venise.

J'avais vu Venise à la télévision mais c'est mieux en vrai surtout avec le soleil et les odeurs. On a la sensation d'être sur l'eau et dans la ville en même temps et c'est impressionnant surtout parce que tout le monde a l'air de trouver ça normal comme par exemple pour le téléphone portable qui n'est pourtant pas une chose normale. On est descendu place Saint Marc et on a marché jusqu'au Danieli qui n'est pas loin. En chemin on a rencontré un monsieur que connaissait Eugénie. Il avait un joli chapeau de paille blanc. La comtesse lui a dit quelques mots taquins, mais pas trop à cause de la mâchoire, sur les jeunes garçons italiens.

Le Danieli est un palace comme je ne pensais pas que ça existe sauf au cinéma. Il y a des escaliers en bois majestueux et des peintures anciennes partout, des tapis épais comme des matelas, des rideaux fleuris et des tables basses avec des fauteuils en velours autour où l'on peut s'installer si on a envie. Un signor bien habillé qui parle toutes les langues et qui sourit sans discrimination a jeté un regard sur le registre avec des « Bien sûr » et des « Bien entendu » rassurants. Il m'a dit « Comme monsieur voudra » en parlant de moi. Il a frappé deux fois sur une sonnette. Un groom est arrivé pour prendre ma valise vide sans me lancer un regard étonné comme l'agent des terroristes. Un autre a accompagné la comtesse. Le mien a ouvert la porte de ma chambre, puis il a tiré les rideaux et ça a été comme au théâtre quand on découvre la scène éclairée, ici c'était la lagune avec des îles en face et toutes les gondoles garées. C'était beau à couper le souffle. Il m'a ensuite ouvert la salle de bain qui est grande comme ma chambre de Toulouse et aussi le placard qu'il a appelé dressing en italien où il y a le coffre-fort et le meuble avec le café et le thé et le sucre. Ensuite il a tournicoté un long moment mais comme je n'avais pas d'argent car la comtesse n'y avait pas pensé, il a fini par partir.

Ma chambre a une vue magnifique sur la lagune et surtout des oreillers blancs moussus et doux, et aussi des verres et des boissons comme au Café des Sports sauf qu'ici ils vous font confiance et que vous pouvez vous servir et reprendre de tout. Il y a aussi trois rideaux différents pour une seule fenêtre et une télévision avec toutes les chaînes du monde. En fait il y a trop de tout pour qu'on puisse en profiter. Surtout avec la lagune qui est si étonnante et si belle qu'on n'a pas besoin de la télévision. Je me suis même mis à pleurer tout seul dans ma chambre parce que tout ça donne envie de pleurer. C'est un peu comme si j'étais monté au ciel et puis que je sois installé dans le paradis des oreillers moussus et du doux soleil de fin d'après-midi sur la lagune.

Il est 16 heures. Je vais dormir un peu dans ce beau lit qui est si grand que je ne sais pas par quel côté y entrer. Je crois que le luxe c'est un grand lit doux comme le ventre de sa maman avec des oreillers incroyables et la fenêtre en face qui est ouverte sur le soleil et la beauté du monde. Je ne vais rien faire finalement que regarder et m'endormir pour me réveiller comme dans un rêve alors que ça sera la réalité… Des fois on peut se dire que la vie est facile et bien agréable tout de même et malgré tout.

Il est 22 heures. Je vais reprendre le beau stylo à plume qui est sur le bureau et continuer à m'écrire avec attention car je serai bien content de revivre tout ça dans quelques jours quand je recevrai ma lettre.

Après la sieste, je suis descendu au boudoir privé pour retrouver la comtesse. Elle était déjà installée avec son thé et il y avait un monsieur avec elle qui était un évêque ou un cardinal, enfin un haut placé avec une soutane noire luisante et une large écharpe violette nouée comme une ceinture autour du ventre. Eugénie qui ne parle presque plus à cause de sa mâchoire qui est en zigzag utilise souvent des cartons bristol où elle écrit ce qu'elle veut dire. Elle m'en a tendu un avec « Je vous présente Monsignore di Maggiore »

Monsignore m'a tendu sa main molle sans se lever, mais avec un bon sourire d'homme âgé car il doit bien avoir ses quatre-vingts cierges même s'il ne les fait pas. Monsignore a commandé un whisky parce que le thé à cette heure risquait de l'empêcher de dormir et moi j'ai pris de l'eau plate parce que depuis l'opération de mon estomac je n'ai plus droit à rien.

Monsignore parlait en italien, et la comtesse répondait en bristol que je ne voyais pas et qui s'empilait comme au rami devant Monsignore. J'en apercevais quelques-uns sans en avoir l'air et ils me semblaient bizarres même si je ne comprenais pas tout. Je crois que la comtesse appelait l'évêque « bellissimo mio » et aussi parfois « il mio tesoro », elle lui disait qu'elle n'avait pas l'intention de se confesser mais qu'elle comptait bien recevoir les derniers sacrements de sa main. Et aussi qu'elle était venue jusqu'à Venise pour ça, en souvenir de je ne sais quoi mais qu'il lui devait bien ça. Monsignore souriait avec un air de bonté qui est prêt à tout pardonner à tout le monde y compris à lui. Il disait qu'il n'y avait pas de problèmes mais qu'une légère petite confession la soulagerait. C'est là qu'elle a parlé : « Bellissimo mio, tu ne sauras rien ! Tu vas m'absoudre sans rien savoir de plus que tu ne sais déjà ! » Puis elle a saisi un bristol car la douleur l'empêchait de poursuivre même si elle avait envie de lui dire encore des choses. Elle a écrit et cette fois elle a fait signe à Monsignore de me passer le bristol. « Ma valise je vais la remettre entre les mains de Barthélémy. C'est lui qui sera mon missi dominici ! C'est même pour cela qu'il m'accompagne. » Monsignore a souri. Visiblement ils avaient des souvenirs en commun qui les attachaient pour la vie à la mort comme des amoureux.

Elle m'a tendu un autre carton où elle me disait qu'elle allait me donner une lettre que je ne devrais pas ouvrir avant d'être dans l'avion de retour. À la fin il y avait marqué « Promettez-le ». J'ai retourné le bristol et j'ai écrit « Je vous le promets ». J'aurais aussi pu le lui dire, mais ça faisait plus solennel d'écrire. La comtesse a été contente, elle a sorti une lettre de son sac qu'elle m'a remise en regardant dans les yeux Monsignore qui s'est mis à rire alors que moi je ne savais pas bien quelle altitude adopter. Heureusement que c'était l'heure d'aller au restaurant.

On est monté dans un ascenseur en bois sculpté avec un liftier pour appuyer sur les boutons jusqu'à la terrasse qui est sur le toit et qui domine tout le paysage de Venise. Dès qu'on est arrivé, un maître d'hôtel s'est précipité sur nous avec deux autres garçons habillés en tablier pour être à nos petits soins. Ils nous ont installés à une table fleurie en bordure et ils ont demandé si un apéritif nous ferait plaisir. Ça m'aurait fait plaisir mais je ne pouvais pas, la comtesse a passé son tour et Monsignore a demandé un double whisky. C'est alors qu'un quatrième monsieur tout en noir s'est approché pour lui demander ce qu'il souhaitait exactement et il a énoncé une litanie de whisky qui était fait comme ci ou comme ça, qui était de ci ou de là. On aurait dit qu'il y avait autant de whisky que de malades du cancer, mais heureusement Monsignore a trouvé ce qui lui convenait, un truc de la tourbe japonaise, et le serveur a dit respectueusement « Monseigneur est connaisseur » ce qui lui a arraché un sourire de contentement.

Puis ça a été le moment de la carte du menu avec des plats si incroyables qu'il faudrait deux jours pour les décrire car ils veulent qu'on sache tout ce qu'ils mettent dedans. Il y avait un plat qui était la « Bécasse à la mode lombarde sur un lit de lard maigre de cuisse de Pata negra, et ses trois flans de légumes au jus de truffe assaisonnés au sel de Guerande et au poivre de Mumbaï ». Je l'ai recopié sur le menu qui est affiché dans la chambre sans doute pour qu'on réfléchisse avant tellement c'est compliqué. Mon estomac n'avait droit à rien ce qui était bien dommage mais c'est souvent comme ça dans la vie. Tout arrive quand on ne peut plus ou qu'on n'a plus envie, et c'est bien contrariant.

Moi j'ai pris un filet de poisson à la vapeur avec les endives à l'eau mais sans la mousse de truffe, sans le filet de vinaigre de Modane, sans la rouille byzantine, sans le croquant de jambon Serrano d'Alicante ni le coulis d'huîtres qui étaient compris dans le prix. La comtesse qui ne peut plus mastiquer a pris un confit de langouste accompagné d'asperges et d'artichauts de Sienne, mais mixé tout ensemble. Le maître d'hôtel a eu un haut-le-cœur qu'il a rapidement dissimulé car après tout à 325 € le plat il pouvait bien mettre un coup de mixeur. Il a juste dit « je vais vérifier ce qu'on me dit en cuisine » qui voulait dire qu'il allait se faire traiter de tous les noms d'oiseaux parce que c'est bien connu, les cuisiniers sont des acariâtres. Heureusement que Monseigneur a pris de tout. Le consommé de chapon fin aux algues de Merano, le turbotin à la napolitaine, le pigeonneau farci au foie gras et le soufflet au chocolat San Danieli, le tout accompagné d'un Château Margaux de 1976. Le maître d'hôtel était rudement content. Moi j'ai regardé rapidement et il m'a semblé que le repas de monsignore valait plus de 1 000 € ce qui est beaucoup pour un seul repas et un seul homme, surtout quand on pense qu'on peut dîner avec une boîte de sardine, une vache qui rit, et un yaourt aux fruits pour 2 €. On a regardé Monsignore manger ce qui ne le gênait pas du tout. À un moment il a expliqué en français pour que je participe un peu, qu'il s'était privé de la chair mais jamais de la bonne chère. La comtesse a souri en tapotant de la fourchette sur le pied du verre. Monsignore aussi a souri. Il a fait une jolie prière de contrition avant chaque plat mais ça aussi ça a fait rire la comtesse qui pensait à je ne sais quoi. Puis on est venu présenter le confit de langouste à la comtesse avant de le réduire en bouillie pour bien lui montrer qu'on ne se moquait pas d'elle et qu'on ne lui servait pas un pot de bébé. Au Danieli ils ne sont pas comme ça. Ils veulent toujours montrer qu'ils font tout bien et que chaque client est un roi.

On ne parlait pas beaucoup, la comtesse ne pouvait pas, moi je n'avais rien à dire, Monsignore racontait quelques secrets du Vatican pour distraire son amie. Puis il y a eu le dessert. J'ai pris une pomme cuite et la comtesse un fromage blanc au miel de Trieste et aux raisins de Parme. Monsignore a accompagné son soufflé d'une Fine champagne 1961.

Puis il a été temps de partir. Monsignore et la comtesse devaient avoir une conversation sérieuse en tête à tête à laquelle je n'ai pas été convié. Il était presque 22 heures. J'étais heureux de revoir ma chambre pour en profiter et essayer de tout bien regarder, de prendre un grand bain avec tous les produits et la musique, et avec les fenêtres ouvertes, et pour m'endormir le plus tard possible histoire de profiter de ce rêve pour de vrai. J'ai salué Monseigneur qui avait la main toujours aussi molle, et la comtesse m'a dit de passer chez elle le lendemain matin car elle se réveille tôt comme moi et comme tous les gens qui ont le cancer et qui veulent profiter des derniers moments puisqu'ils vont dormir pour l'éternité et que ce n'est pas la peine de commencer avant.

Voilà je suis fatigué mais c'est normal de s'envoyer une longue lettre quand il vous arrive une journée aussi incroyable, et je me dis que je serai rudement content de me lire dans trois jours pour être sûr que tout ça m'est bien arrivé.

Je me prie d'agréer, mon cher moi-même, mes salutations vénitiennes les plus sincères.

Barthélémy Parpot

Merci de votre visite.

Je ne souhaite pas descendre ce matin.

Oui… Monsignore est reparti. Hier soir, peu avant minuit. Sa présence m'a touchée.

Non, je n'ai pas besoin de vous ce matin. J'ai demandé à la conciergerie qu'une gondole vienne vous prendre à dix heures et vous fasse visiter Venise. Elle vous ramènera vers midi. Vous viendrez me rejoindre vers 13 heures dans ma chambre.

Non Barthélémy, ce n'est pas la peine.

Je vous présenterai mon ami Kurz qui doit arriver de Suisse en fin de matinée.
Je vous expliquerai ce que nous ferons ce soir…

Oui, je vous le promets.

Bonne visite… À cet après-midi.

Tout à l'heure. Je vous le dirai tout à l'heure… mais sachez que votre présence m'est précieuse. Très précieuse.

Barthélémy Parpot
Le Danieli
Chambre 12

À Madame Anna Klodzineski
Laboratoire d'oncologie – GK Corp.
Parc Scientifique Jean Jaurès
31130 Balma cedex

Venise le 20 août 2013

Très chère Sainte Anna K,

Je suis à Venise depuis hier et je ne vais pas tout vous raconter l'avion et l'aéroport et les beaux hôtels parce que vous connaissez tout ça tout le temps. Je veux simplement vous dire que ce matin pendant que la comtesse attendait son ami suisse, je suis allé faire le tour des canalettos en gondole avec un vrai gondolier qui s'appelait Marcello et qui était un peu âgé pour faire ce métier. Dans la gondole on est au ras de l'eau dans un siège en velours à deux places côte à côte sauf que moi j'étais seul et que ce n'est pas fait pour ça. Les gondoles à Venise, d'après Marcello, c'est pour les amoureux qui se tiennent la main et qui regardent la beauté en pensant que leur amour est aussi beau que le palais des Doges. Marcello m'a dit aussi qu'à Venise on aime bien se cacher derrière des masques à la nuit tombée, ce qui permet aux hommes et aux femmes qui n'ont pas le droit d'être ensemble dans la gondole d'y être quand même sans que tous les médisants de Venise s'en mêlent. Il faut reconnaître que parfois l'amour tombe là où il ne devrait pas comme par exemple dans le cas où une des personnes est dans un couple marié. C'est bien embêtant car ça fait des histoires et des larmes, mais à mon avis les célibataires qui vivent seuls et qui n'arrivent pas à avoir une amoureuse sont plus à plaindre. D'après René, il y a des célibataires qui changent de femme toutes les semaines grâce à Internet. Moi ça me semble incroyable car pour être amoureux d'une femme il faut beaucoup de temps et des paroles douces. Ça ne peut pas se faire à la va-vite.

Moi ce matin j'ai découvert ce qu'était la tristesse du célibataire dans la gondole, parce que la gondole est un endroit comme le restaurant ou le studio de 12 m² qui permet de sentir combien on est seul dans la vie.

Le gondolier Marcello était gentil, il a vu que j'étais triste, il doit avoir l'habitude de repérer la tristesse des gens, car la chanson de Monsieur Aznavour dit bien que c'est triste Venise quand on ne s'aime plus, les musées les églises ouvrent enfin leur porte devant nos yeux déçus… Il m'a demandé si je voulais qu'il chante. Je ne savais pas mais il m'a dit que c'était compris dans la balade car la comtesse avait pris la formule « Prestige ». Il m'a proposé « O sole mio », j'ai dit que je préférais les « Gondoles à Venise » de Ringo et Sheila car Ringo est de Béziers comme moi mais il ne connaissait pas. Il a alors proposé « Con te partiro » qui est aussi très demandé et j'ai accepté bien que j'aurais préféré « O Toulouse » de Nougaro pour me sentir un peu chez moi mais je n'ai pas osé le contrarier. Il s'est mis à chanter mais finalement c'était encore plus triste, surtout quand on croisait d'autres gondoles avec de vrais amoureux qui me regardaient et se demandaient pourquoi on me chantait la romance ce qui était finalement gênant pour Marcello et moi.

J'imaginais que vous étiez avec moi, sur le fauteuil en velours, et que vous me teniez la main et qu'on avait mis bien sûr les masques à cause de votre gentil mari qu'on ne voulait pas blesser. Vous m'expliquiez le cancer et les molécules et ça finissait par nous faire rire parce qu'on sait bien que le bonheur est innocent et imprévoyant. De toute façon, nous étions tous les deux tellement heureux sur la gondole que les ganglions et les adénomes ne pouvaient pas nous atteindre. Je crois même qu'être amoureux sur la gondole avec Marcello qui chante « Con te partiro », est le seul vrai médicament de la vie, celui qui anéantit les cancers et les dépressions et toutes les nouvelles maladies qu'on découvre chaque jour. On se serait arrêtés à San Rocco pour aller voir les tableaux du Tintoret qui ont des teintes délicates d'après Marcello, comme quoi les noms de famille sont importants. À ce sujet je ne connais pas votre nom de jeune fille, et j'aimerais bien. C'est sûr que ce serait très émouvant de regarder sainte Machinette du Tintoret avec vous à côté de moi dans une petite robe d'été orange un peu courte avec des volants qui bougeraient à chacun de vos pas, mais ce serait pareil devant sainte Germaine de Pibrac à côté de Toulouse car on n'est pas obligé d'être ailleurs pour être heureux. Je crois même qu'on peut facilement se passer des voyages en avion et des beaux aéroports et des plus belles villes du monde, et que c'est mieux d'être à Pibrac avec une amoureuse qu'à Tokyo sans personne. Ce que j'ai appris dans la gondole, c'est que je me moque de Venise et de New York et de tout ce que je n'ai pas vu et de tout ce que je ne verrai pas de ce monde. Et aussi de tout ce que je n'ai pas fait et de tout ce que je n'ai pas eu car la seule chose qui est vraiment importante dans la vie, c'est d'être amoureux d'une sainte dans une gondole même si c'est sur le canal du Midi.

Je rentre demain et ensuite je serai à Toulouse. J'aimerais bien vous voir pour tout vous raconter de vive voix, car je devine que dans les voyages ce qu'il y a de mieux c'est quand on rentre et qu'on raconte à ses amis tout ce qu'on a vu. Au Café des Sports en tout cas, quand il y en a un qui part en voyage organisé avec sa femme, on sent bien que le meilleur moment de son voyage c'est quand il revient et qu'il raconte ses aventures au comptoir. Les habitués font semblant de l'envier mais c'est par politesse car en vérité tout le monde se moque de son voyage organisé qui est comme une grosse corvée.

Vous verrez bien sûr si on peut se voir mais je ne serai plus à l'hôpital tout le temps ce que je regrette car vous auriez pu venir comme ça vous arrangeait sans avoir à prévenir. Mais je dois vous laisser car il est presque 13 heures et la comtesse m'attend à 13 heures.

Dans l'attente de l'extrême plaisir de vous apercevoir à nouveau, je vous prie de croire, très chère sainte Anna K, à ma sincère croyance en vous.

Barthélémy P.

Post-scriptum : Je vous appelle sainte Anna parce que ce matin je me suis dit que vous étiez une sorte de sainte de la recherche, vu que vous cherchez à sauver 29 856 malades chaque année alors que la sainte Machinette du Tintoret, d'après Marcello, elle a sauvé deux lépreux et trois asthmatiques ce qui n'est pas grand-chose à côté de vous.

Je vous présente mon ami Friedrich Kurz. Il est suisse, protestant, il vient de Zürich.

Je vous présente mon ami Barthélémy qui sera notre témoin.

Non, on ne se marie pas !!! Que vous êtes drôle Barthélémy !
Mais vous souhaitiez savoir pour quoi j'avais besoin de votre aide… Il est en effet temps que je vous le dise. J'ai décidé de ne pas souffrir davantage, de ne pas poursuivre une vie qui n'est plus qu'une immense débâcle et une souffrance sans fin. Peu m'importent quelques misérables mois supplémentaires… J'ai déjà trop longtemps attendu.

Non Barthélémy.

Oui, vous avez raison : j'ai sans doute de nombreuses semaines devant moi… Mais je ne veux pas de ce temps, car c'est celui de ma déchéance.

Friedrich est le président d'une association de bénévoles suisses qui aident les malades à en finir… Son association s'appelle « Les amis de Socrate ». Friedrich est venu en voiture, il nous a apporté les produits nécessaires…

Mais non Barthélémy ! Je ne vous demande pas de m'accompagner ! Je vous demande de m'aider, de me donner les boissons que vous indiquera Kurz.

Létale… Ça veut dire « qui donne la mort » !

Parce que Kurz ne peut pas les donner personnellement à chacun… Ce serait un trop gros fardeau pour son âme. Il faut que ce soit un proche du malade qui soit le témoin et le garant de sa volonté d'en finir…

Oui Barthélémy c'est vous que j'ai choisi…

Parce que vous êtes un être pur. La maladie et l'approche de la fin changent nos jugements et attirent notre attention vers des êtres que jusqu'alors nous n'avions pas distingués. Vous m'avez accompagnée ces dernières semaines durant lesquelles j'ai achevé de lâcher ce qui me tenait à cœur.

Oui

Ce lent détachement permet de se dépouiller des oripeaux de nos vanités et de regarder enfin nos vies en face sans les mensonges qui nous ont aidés à vivre… Il est bon de poser son fardeau quelque part avant de mourir. Vous avez ma dernière lettre, vous la lirez à votre retour. Elle ne vous sera d'aucune utilité. N'y cherchez rien de singulier pour vous. C'est juste ma façon de laisser ma valise et de partir libre et légère. Enfin légère !

Vous viendrez vers 18 heures, en cette fin d'après-midi…

Oui Barthélémy.

Je voulais mourir à Venise, dans cette chambre, à cette heure de la journée où le soleil faiblit, où la douceur du monde si défaillante est enfin palpable… C'est mon ultime vanité.

N'ayez crainte, Barthélémy, ce sera très facile et très simple. Pour l'heure je veux rester seule. Allez déjeuner avec Friedrich. Il vous expliquera plus en détail ce qu'il y aura lieu de faire…

Non. Cette caméra va me filmer pour montrer plus tard, si par malheur c'était nécessaire, que ma volonté était entière, libre et déterminée au moment de prendre la boisson…

Ne vous inquiétez pas, tout est prévu… Il vous suffira de reprendre l'avion jusqu'à Toulouse, et de vous dire que vous aurez été mon dernier ami… Laissez-moi maintenant.

Barthélémy Parpot
Le Danieli
Chambre 12

Madame Sylviane Rey
ADMD
Avenue Danton
31000 BALMA

Venise le 20 août 2013

Chère Sylviane de l'ADMD,

Je me permets de vous envoyer cette lettre de Venise même si vous ne pourrez pas me répondre avant que ce qui doit se passer se passe… Mais peut-être que comme ça, vous pourrez m'en parler plus tard et me dire si j'ai bien fait de faire ce que je vais faire.

En fait je préfère vous écrire à vous plutôt qu'à Marie-Pierre, votre collègue de l'aide aux mourants, qui doit être contre ce que je vais faire avec M. Kurz tout à l'heure car ce n'est pas catholique du tout. M. Kurz est le président de l'association des Amis de Socrate. C'est un monsieur assez âgé de soixante ans et plus, qui a un regard dur et un sourire doux. Il est à la fois effrayant et bienveillant, comme l'eau chaude et l'eau froide en même temps mais sans être l'eau tiède, je ne sais pas comment vous dire. C'est peut-être que les protestants sont comme ça, je ne sais pas car c'est le seul protestant que je connais. J'ai déjeuné avec lui sous les parasols de la terrasse du restaurant du Danieli où on n'était pas à l'aise… Hier soir avec Monsignore et la comtesse tout avait l'air d'être comme à la maison, mais avec Kurz on était gêné par les manières onctueuses des serveurs qui voyaient bien qu'on n'était pas habitués au tralala, et ça les vexait un peu de devoir nous traiter comme des seigneurs alors qu'on était que des suisses protestants surtout Kurz d'ailleurs. Mais ce n'est pas pour ça que je vous écris bien sûr.

M. Kurz m'a expliqué que son association aidait les gens très malades à mourir dignement, c'est un peu comme la vôtre sauf qu'eux ils le font vraiment. Il m'a dit que la loi suisse était bien faite et tolérante. L'euthanasie active ils appellent ça à condition que les médecins disent que la personne est vraiment très malade à en mourir bientôt. Il a dit qu'il y avait une autre association à Berne qui est moins regardante que la sienne à ce sujet. J'ai compris qu'il déteste cette association qui est comme une concurrente. Il dit aussi qu'il faut faire attention à ne pas aider à se suicider des gens qui sont seulement déprimés ou qui ont un chagrin d'amour. Je lui ai demandé pourquoi. Il a haussé le sourcil parce que ça lui paraissait évident. Moi il me semble que c'est pareil mais lui, il dit que les chagrins passent et qu'il n'est pas là pour décider de la vie des hommes, mais pour abréger les souffrances qui finissent mal.

Ensuite il m'a expliqué à voix basse que ce soir, je devrais donner à la comtesse un premier verre qui est sucré au goût de mangue et qui doit permettre de calmer l'estomac de la comtesse pour pas qu'ensuite il se rebelle et fasse vomir le vrai produit de la mort. C'est vrai que les estomacs ont un sacré caractère, d'ailleurs on dit bien de quelqu'un qu'elle a de l'estomac pour dire qu'elle est forte et assurée. Ensuite une demi-heure plus tard, quand la première boisson aura bien fait son effet, je donnerai le deuxième verre avec la potion qui agit très vite mais qui est très amère, et alors la comtesse fermera les yeux et s'en ira sans souffrir.

Ensuite on s'en ira sans rien dire comme si on partait faire les courses, et moi je laisserai ma valise vide dont je n'ai pas besoin.

M. Kurz m'a dit qu'il fallait être très discret parce que ce qui est létal en Suisse n'est pas létal en Italie. Il a fait cela par amitié pour la comtesse, mais normalement il ne franchit jamais la frontière suisse avec ses produits parce que ça pourrait lui coûter cher... Ce sont les gens malades qui viennent en Suisse pour la dignité finale, et pas la dignité qui franchit la frontière. Il faut dire qu'en Suisse tout est bien fait avec grand soin et gentillesse pour permettre un passage en douceur. Kurz dit qu'en France ce ne serait pas possible parce que le travail est toujours bâclé et qu'il y aurait toujours un syndicaliste pour se plaindre de quelque chose et se mettre en grève sans prévenir.

M. Kurz m'a expliqué que je ne devrai pas tendre le verre mais le mettre à portée de main et que la comtesse fera elle-même le geste de s'en saisir. Il a dit que c'était très important et qu'on répétera tous les deux la scène dans l'antichambre avant de faire ça devant la caméra qui tournera. Tout est filmé pour montrer que c'est la vraie dernière volonté du malade et éviter les procès des intégristes de la vie jusqu'au bout et à tout prix. De toute façon je suis sûr qu'Eugénie est tellement prévoyante et tellement gentille qu'elle a tout prévu pour qu'il n'y ait pas de soucis. Et puis je suis fier qu'elle m'ait choisi moi pour mes qualités et pas parce qu'elle avait personne d'autre vu qu'elle a plein d'amis même chez les catholiques et les protestants ce qui n'est pas rien de nos jours.

J'espère que vous voudrez bien venir me parler un peu quand je serai rentré à Toulouse. C'est juste pour que je sois sûr et certain d'avoir bien agi comme je vais le faire tout à l'heure. Je ne voudrais pas rajouter des remords à la peine de n'avoir plus ma gentille amie avec moi à l'hôpital et c'est pourquoi je compte beaucoup sur vous.

Dans l'attente, je vous prie de croire, chère Madame de l'ADMD, l'expression de ma dignité respectueuse.

Barthélémy Parpot

Barthélémy Parpot
Le Danieli
Chambre 12

Barthélémy Parpot
27 rue Bayard
31000 Toulouse

Venise le 20 août 2013

Cher moi-même,

Je t'écris encore une fois de Venise pour m'aider à passer le temps qui est parfois long et grave... Je suis dans ma chambre car j'ai juré à Friedrich Kurz qui n'est pas du genre à rigoler, de ne pas sortir et de ne parler à personne sauf à moi-même évidemment. La demande d'Eugénie me rend triste et me fait venir d'étranges idées qu'il faut vite que je m'écrive pour pas les oublier.

Ma première idée c'est qu'il n'y a rien de plus juste que la mort, car il n'y a pas de passe-droit et d'amis bien placés. Il ne suffit pas de connaître le Préfet ou le Premier Ministre pour s'en sortir comme pour les impôts ou les terrasses de café. Sans la mort je crois que la vie des gens simples comme moi serait insupportable. Avec la mort pour tous, ce n'est pas pareil parce que je peux me dire que tous les directeurs qui m'ont renvoyé mon CV sans le lire, finiront comme moi entre les draps avec la sueur sur le front et la crispation des mains. La mort est un grand moment d'égalité et de justice. Et cette justice sur terre est la plus belle chose qui puisse être. C'est un immense soulagement qui console de la vie difficile et des envies pour rien, et aussi des hommes avides qui prennent tout pour eux.

La deuxième idée que j'ai par moments, j'en suis moins sûr mais elle me plaît beaucoup aussi quand j'y réfléchis, c'est que la mort est ce qui nous relie aux autres pour de vrai. Enfin je n'en suis pas sûr, mais moi quand je vois la photographie d'un mort dans le Paris Match de la salle d'attente, je ne peux pas m'empêcher d'avoir un pincement au cœur par compassion pour lui qui est évidemment de la compassion pour moi. Ça veut quand même dire que la mort de quelqu'un d'autre me touche et me concerne, même si c'est à peine, et qu'elle contient un peu de ma mort. C'est un peu comme si la mort de quelqu'un d'autre que je ne connais pas m'amputait à moi de quelque chose. Comme si n'importe quelle mort avait à voir avec moi. C'est difficile à expliquer surtout pour moi qui peine toujours à bien expliquer les choses de la vie.

Mon autre idée qui est la troisième idée, est un peu comme la seconde mais à l'envers.

Il me semble que quand on meurt soi-même, on perd les autres qui continuent à être sur terre. Ceux qui restent disent qu'ils ont perdu quelqu'un, mais ça marche aussi dans l'autre sens. Le mort il perd les autres avec qui il se plaisait bien, et ça le rend malheureux de ne plus être là pour savoir ce qu'ils vont devenir et pour les aider quand par exemple il faut monter l'armoire. La mort n'est pas quelque chose de personnel comme on le croit, mais quelque chose qui se passe avec les autres et avec la communauté des êtres humains dont on fait partie même si durant la vie on n'a pas toujours eu la sensation d'en être. En fait je pense que si la mort n'existait pas, on se sentirait finalement encore plus seul au monde.

J'ai aussi une quatrième idée qui est venue de la troisième, mais qui est plutôt un regret qu'une idée. C'est parce qu'il me semble que le bonheur c'est quand les autres vous aiment et vous estiment et vous sourient. Alors je me suis dit qu'au moment de mourir c'est dans le regard de l'autre qui serait par exemple son épouse, qu'on peut ressentir qu'on a eu une vie et pas seulement des chimères qui occupent la tête. Moi j'aurais aimé avoir trois enfants qui seraient au pied de mon lit au moment de mourir pour me passer un gant d'eau fraîche sur le front et me dire des mots doux comme par exemple que j'avais été un bon père en retenant leurs larmes, et ma femme aussi pleurerait évidemment.

Je pourrais encore avoir d'autres idées comme ça mais à la longue c'est fatigant. Je préfère penser à mon amie la comtesse qui a besoin de moi. Et puis je dois me répéter que j'ai raison d'être le témoin d'Eugénie et que c'est normal de tendre le verre même si ça me rend malheureux de rentrer à Toulouse sans elle et de me dire que c'est un peu de ma faute. Peut-être que c'est la lagune et le clapotis de l'eau qui obligent à avoir des idées comme ça.

J'espère surtout que ces idées trouveront leur place et me rassureront quand je les recevrai dans ma boîte aux lettres. C'est pour ça que j'ai voulu te les écrire et me les envoyer.

Je te prie, cher moi-même, de recevoir mes idées et de bien vouloir les lire avec attention car on a toujours quelque chose à apprendre de soi.

Barthélémy Parpot

Merci, mille fois merci Barthélémy, d'être là avec moi.
Maintenant posez cette enveloppe pour le directeur de l'hôtel bien en vue sur la commode, et donnez-moi le premier verre.

Merci, mais ne parlons plus.

Tirez les rideaux et ouvrez la porte-fenêtre… Je veux sentir le soleil sur mes jambes.
Mettez cette musique. Le troisième morceau, l'adagietto, en boucle.

Chut Barthélémy… Ne parlez plus.

Adagietto de la Symphonie n°5 de Mahler

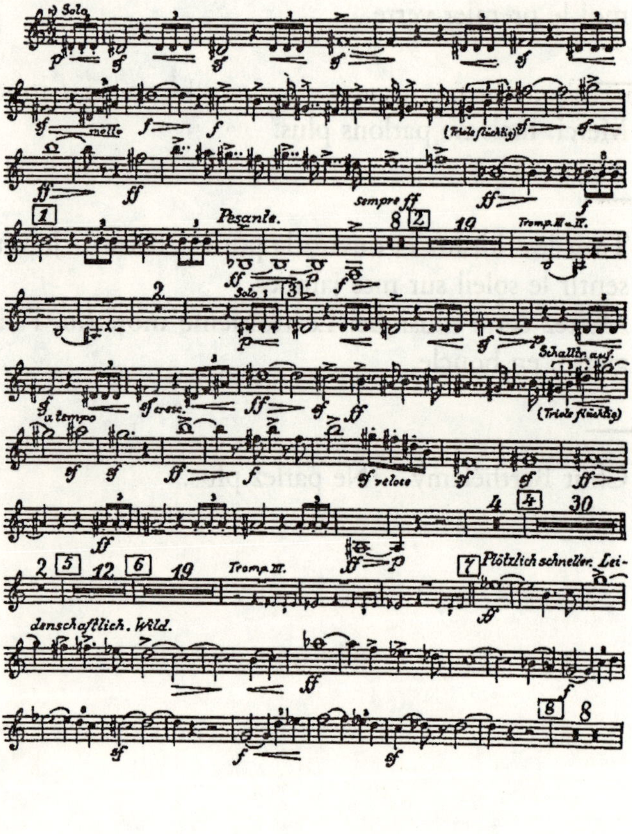

Il est l'heure du deuxième verre, n'est-ce pas ?
Allez me le chercher Barthélémy ! Et posez-le sur la tablette qui est devant moi. Je le prendrai moi-même.

Merci, mille fois merci… Je vais le prendre toute seule.

Adieu

Consorzio Motoscafi Venezia

Taxi aqueo privato

Partenza : Hotel a Venezia : **Danieli**
Arrivo : **Aeroporto Marco Polo**
20 – 08 – 2013 – 5:00 AM.

110,00 € **PRE-PAID**

Passeggeri : fino a 4 persone il prezzo rimane invariato; da 5 in su verrà applicato un supplemento di 15.00 € per ogni persona. La capienza massima è di 10 persone e 12 bagagli.

BOARDING PASS

Name : PARPOT/BARTHELEMY
E-ticket : 061559566540

Flight	Date	From	To	Departure	Gate	Boarding	Siege
AF1257	20AOU	Toulouse	Venezia	18 :20	11J	17 :55	07A

Laure Marie Eugénie
Comtesse de Saint-Mont
Seigneurie de Beaupré

Cher, très cher Barthélémy,

Quand vous lirez cette lettre, je ne serai plus de ce monde et soyez bien persuadé que je serai partie sans regret. Je vous imagine ému dans l'avion après avoir traversé ce que vous pensez être une épreuve et qui fut pour moi une délivrance depuis longtemps attendue.

J'éprouve aujourd'hui, à quelques heures de ma fin, le besoin de corriger l'histoire que je vous ai confiée il y a quelques semaines. Elle s'était embellie et nourrie, au fil des ans, d'arrangements et d'amnésies jusqu'à devenir une sorte de légende intime qui me préservait de l'amertume des désillusions charriées par la vie. Les Sud-Américains ont un mot pour cela, ils disent le « cuento ». Cela aide à vivre et à faire bonne figure avec les autres. Mais à l'orée de la mort, nos tricheries tombent et les miroirs perdent leur tain. Il me faut poser ma menterie quelque part, elle est une valise trop encombrante, j'aspire à être un voyageur sans bagages comme disait mon cher Jean.

Je sais que je peux vous laisser mon fardeau, il ne sera pas une charge pour vous, il ne vous sera d'aucune utilité, vous n'aurez qu'à le lire et vous en débarrasser. J'espère seulement que lorsque votre tour viendra vous aurez un proche pour recueillir le vôtre.

On ne sait pas à l'avance qui ce sera. Une épouse ? Un enfant ? Un ami cher ? Un voisin ? Un étranger de passage qui par hasard se trouvera auprès de vous… Dans la vie on croise des personnes qui nous aident et à qui l'on ne rend rien parce que ce n'est pas le moment, parce qu'elles repartent trop vite, mais on rendra à une autre qui se présentera et qui ne nous rendra rien parce qu'elle-même… Je crois à cette chaîne mystérieuse qui, par-delà les petits services entre amis, fonctionne avec le hasard dès lors qu'un fond de bonté nous anime. Et cette bonté je sais que vous l'avez Barthélémy, c'est pourquoi je vous ai instinctivement retenu pour être mon précieux accompagnateur.

Ma précédente lettre était remplie de ces petits mensonges et de ces omissions qui, sous prétexte de calmer nos angoisses, finissent par dénaturer la réalité de nos vies et gommer les engagements de nos débuts. Cette lettre-ci, ma dernière, sera ma vraie confession… La confession et l'extrême-onction sont des pratiques de grande humanité ; les anciens avaient une belle connaissance des profondeurs du cœur humain. Il ne peut y avoir de longue séparation sans rite, comme il ne peut y avoir de mort sans travail personnel, il faut faire le deuil de soi-même avant de partir quand nos amis feront le leur après notre départ.

C'est pour cela que je veux revenir sur mon dernier récit. Mon cher Barthélémy, cette lettre n'est pas une charge pour vous, elle ne vous oblige à rien. Lisez-la une simple fois avec attention et mansuétude, c'est là tout ce que je vous demande, puis déchirez-la. Elle n'a pas vocation à être conservée.

Mon enfance fut celle que je vous ai racontée mais en plus rude. Mes parents et mes frères étaient odieux avec moi. Je leur servais de bonne, je remplaçais celle qu'il ne pouvait entretenir. Quant à ma chère petite sœur, elle n'a jamais existé sinon par mon imagination qui avait transformé une poupée de chiffons en confidente de toutes mes misères. Ce qui est vrai en revanche c'est mon mariage forcé à dix-sept ans avec Michel Tournier en règlement de quelques dettes somptuaires. C'était en 1941, au mois de mars. Cet homme n'a pas été le mari attentionné et courtois que je vous ai décrit, mais un maître pervers qu'il fallait satisfaire. Quant à son hôtel particulier, c'était un banal appartement bourgeois avec une chambre commune sans échappatoire, au 2e étage d'un triste immeuble du Marais.

Après de tels déboires, j'aurais pu prendre les hommes en horreur, mais mon destin était écrit autrement. Il s'avérait que j'avais été très précoce. J'avais eu, dès mes onze ans, quelques expériences assez anodines mais tout de même intéressantes avec de jeunes chenapans des environs dont une avec un timide paysan de mon âge qui m'adorait et avec qui j'éprouvais de délicieuses sensations. Puis il y avait eu le précepteur de mes frères qui me donnait des cours particuliers à la grange car le garçon nous servait aussi de palefrenier… Il détestait mes frères autant qu'il me vénérait et du haut de ses huit ans d'aînesse, il eut une manière de me faire découvrir certains mystères qui fut toute de douceur et de patience. Bref j'avais un goût réel pour les hommes et les caresses, et à dix-sept ans j'étais assez mûre pour savoir que les comportements de mon mari n'étaient pas la règle intangible. Cela me sauva du légitime désespoir qui aurait eu raison d'une autre que moi.

Notre mariage dura presque quatre ans. Michel Tournier a été fusillé à la fin de la guerre par un groupe de maquisards sûrs de leur geste, et en janvier 1946 une partie de ses biens furent confisqués à titre posthume. Je me suis retrouvée veuve à 22 ans, plutôt fortunée car les saisies n'avaient concerné que les domaines acquis durant la guerre mais point ses biens antérieurs ni les comptes en banque dissimulés en Suisse. J'étais seule, sans famille et sans ami… Il n'était pas question pour moi de renouer avec des parents qui m'avaient monnayée comme une simple fille de ferme. Je n'avais pas de métier, mais ma beauté était intacte, elle affolait les hommes. J'avais une bonne éducation et une connaissance de la vraie nature des mâles, ainsi qu'un appartement à Paris et une petite propriété à Beaulieu qui n'était pas encore un lieu à la mode. Et j'avais surtout au fond de moi la furieuse envie de profiter enfin de la vie, je me souviens encore aujourd'hui avec émotion de la merveilleuse énergie qui me portait dans ces années-là…

Je ne sais plus le nombre d'amants que j'ai eus. C'étaient en général des hommes riches et généreux, avec des goûts singuliers qui ne me désobligeaient pas. J'aimais le commerce des hommes. J'aimais le sexe. Je vivais dans le luxe et l'argent. Je voyageais beaucoup, toujours dans de beaux endroits. C'est à cette époque que j'ai été proche de Monsignore Di Maggiore, qui était alors chanoine de la cathédrale de Turin mais en vérité plus dandy italien et fils fortuné d'une grande famille de Côme, et c'est aussi à cette époque que j'ai très bien connu le père de Friedrich qui m'a rendu de grands services, notamment concernant mes avoirs en Suisse.

J'étais docile, éduquée et cultivée, je trouvais normal que mes amants se conduisent comme des égoïstes. Ils m'en étaient terriblement reconnaissants. Les hommes sont faciles à comprendre et à mener. Ils ne sont qu'instincts et vanités ! Il suffit de satisfaire leurs désirs avec naturel, sans rien exiger en retour, de leur jeter de basses flatteries et de garder une distance énigmatique, pour qu'ils vous vénèrent et croient vous aimer. Les épouses ne savent pas cela. Leur manège ridicule et leur sérieux me divertissaient beaucoup, d'autant que j'avais assez de fortune pour rester libre de mes choix et ne rien subir qui me déplût vraiment. Ce furent des années très amusantes.

J'ai omis de vous dire qu'à cette même époque, j'ai eu un fils. Un petit garçon que j'ai appelé Luis. Son père n'en voulait pas, n'imaginait pas que je le garde, finalement ce fut lui que je ne retins pas. Il n'a rien su de son fils, pas même qu'il était venu au monde. Ni évidemment qu'il avait quitté ce même monde à l'âge de dix ans, renversé et tué par une voiture ivre, à Beaulieu, devant le Majestic par un soir de pluie et de pleurs.

Luis était un enfant simple, un peu naïf, pas très doué à l'école, un gentil et doux rêveur. Il semblait avoir une sorte de pureté. Je le préservais du monde, sans doute pas assez, disons que je m'attachais à ce qu'il ne soit pas l'esclave des désirs les plus vils. Il était affectueux et câlin et je partageais ma vie délicieusement entre lui et mes fantasques amants. Durant mes périples amoureux, il restait avec mon majordome, un homosexuel adorable qui lui était entièrement dévoué.

La mort de Luis a été un séisme épouvantable. Du jour au lendemain, tout s'était écroulé en moi. Je le pleurais sans réussir à faire mon deuil et sombrais lentement dans la folie. Luis me submergeait totalement. Mon seul recours a été le déni. Est venu un moment, je ne sais ni quand ni pourquoi, où je l'ai méthodiquement gommé, effacé de ma mémoire, j'ai jeté ses affaires, cassé sa chambre, déchiré les photos. Avec rage. Je ne suis plus jamais allée sur sa tombe. Les médicaments m'étaient précieux. Luis n'avait jamais existé. M'aurait-on dit que j'avais eu un enfant, que j'aurais ri à gorge déployée devant tant de sottise ! Le déni est une forme de folie, il permet d'échapper au suicide, mais je ne sais toujours pas aujourd'hui de quoi il procède, ni pour quelle raison il cède soudain quand l'âge nous prive de notre vigueur.

Mon cher Barthélémy, vous avez dû vous imaginer que je voulais, en venant au Danieli, me remémorer une folle nuit d'amour avec Eduardo ou quelque chose comme cela. Mais non ! Avec Eduardo nous allions dans la chambre aux trois fenêtres de la Calcina, qui donne à la fois sur la rive du Zatterre et sur le canal de la Giudecca. Eduardo avait un snobisme très raffiné. Au Danieli j'ai accouché de Luis dans la chambre même où nous nous sommes quittés hier après-midi. J'avais pris une dizaine de jours pour me reposer seule, fuir les rencontres périlleuses alors que je ne pouvais plus cacher ma grossesse. L'accouchement était prévu un mois plus tard dans une clinique en Suisse, toujours est-il qu'il est survenu de manière aussi impromptue que rapide. Luis est né à Venise, avant même l'arrivée du médecin appelé en urgence, et avec pour seule aide le dévouement d'une femme de chambre qui avait eu trois enfants.

Ce qui n'a pas été déformé dans mon précédent récit, c'est ma rencontre avec Eduardo. J'avais 38 ans et lui 50 ans. Il est tombé follement amoureux de moi jusqu'à créer une fondation à mon nom avec laquelle il acheta des tableaux de peintres peu connus, il avait un goût solide et une manière exceptionnelle de flairer les bonnes affaires. La lecture des noms des peintres importants qu'il acheta à leurs débuts est édifiante. Je l'ai aimé. Il était d'une jalousie maladive bien que lui-même eût toujours plusieurs maîtresses en même temps. Il tenait cependant à notre relation. Cela dura presque quinze ans jusqu'à sa crise cardiaque. J'ai eu avec lui de beaux moments de bonheur, mais davantage d'espoirs déçus, de profonds découragements et des attentes sans fin. Eduardo ne s'est jamais douté que j'avais enfanté une fois dans ma vie.

Après la mort d'Eduardo, la neurasthénie me gagna. Ce fut une période étrange, à la fois triste et atone. Je pleurais souvent… mais il est plus aisé de pleurer un amant absent qu'un enfant perdu. Ma vie fut telle que je vous l'ai décrite dans ma première lettre, sauf que je n'ai jamais cherché à revoir mes parents et mes frères. Je ne me suis pas rendu aux obsèques de mon père et j'ai refusé son héritage sans même prendre la peine de rencontrer le notaire. Ma mère m'envoya une lettre d'injure à laquelle je ne répondis pas. Je les avais rayés.

Voilà ce que fut ma vie. À la fois violente et douce, savoureuse et triste, aujourd'hui encore au moment d'en finir, je ne sais ce qu'il faut en penser. Seulement que tout est allé très vite et que j'ai la sensation de n'avoir rien choisi, de m'être contentée de suivre le flot de la rivière. Je n'ai été qu'une comtesse sans titre, qu'une amoureuse éparse, qu'une fugitive vaincue, qu'une femme de passage… qui aura traversé son époque et plié l'échine devant les hommes et l'argent, et qui aura été dévastée par la mort de son enfant. Il n'y a ni grandeur ni petitesse dans la vie ; elle passe comme un songe qui laisse un vague goût dans la bouche. Comme une caresse minuscule qui vous effleure le bras.

Je pars tranquille de vous avoir fait ces confidences, vous n'en avez rien à faire et vous ne devez rien en faire, vous pourrez détruire cette lettre. Je veux encore vous dire que Luis est ressorti de la nuit où je l'avais enfoui, peu de jours après que je vous ai rencontré dans le groupe de parole et que vous avez spontanément manifesté de la tendresse envers moi.

Je suis heureuse de mourir dans cette chambre qui fut celle du plus grand bonheur de ma vie, et je suis libérée de pouvoir écrire et prononcer, après cinquante années de déni et de silence, le nom de Luis, de le voir à nouveau s'agiter en mon âme, et de vous avoir à mes côtés vous qui avez l'âge que Luis aurait aujourd'hui. Et sans doute aussi sa douce nature. Grâce à tout cela, je sais que dans quelques heures je vais avaler notre potion avec joie et sérénité…

Je vous remercie du fond du cœur de m'avoir aidée.

Eugénie

Barthélémy Parpot
27 rue Bayard
31000 Toulouse

À Madame Anna Klodzineski
Laboratoire d'oncologie – GK Corp.
Parc Scientifique Jean Jaurès
31130 Balma cedex

Toulouse le 23 août 2013

Très chère Anna K de toutes mes pensées,

Je suis rentré chez moi qui est une seule pièce triste et pleine de solitude. Avant j'y faisais moins attention parce que c'était comme ça depuis tout le temps. Mais avec le cancer, l'hôpital qui est un endroit très vivant malgré ce qu'on pense, et mes amis du groupe de parole, et ce voyage à Venise où j'ai connu des personnes sympathiques, je me rends compte que la solitude est aussi grave que le cancer même si on n'en meurt pas ou alors à petit feu comme feu mon estomac.

Je suis très triste de ne plus avoir mon amie Eugénie qui m'a fait découvrir tant de choses inimaginables comme Venise et les gondoles, Monsignore et le banquier protestant, sainte Machinette du Tintoret et le soir sur la lagune. Elle me disait que j'étais quelqu'un de bien et moi je trouvais émouvant d'être quelqu'un de bien pour quelqu'un d'autre.

C'est idiot à dire mais plus j'y pense, plus je me dis que j'ai eu de la chance d'avoir le cancer. D'abord parce que pour une fois j'ai la sensation d'être traité comme tout le monde, et ensuite parce que tout est devenu plus vivant autour de moi avec des amis à qui parler. C'est drôle la vie, quand on s'attend à trouver du bonheur, il n'y a rien comme quand j'aimais Claudine Courvoisier en novembre 90 qui ne voulait pas de moi, et quand on pense trouver du malheur comme au Centre Anti-Cancer, je trouve des gens très gentils, comme Eugénie ou la dame de la DMD, et surtout vous qui vous décarcassez pour me sauver avec une molécule compliquée…

Je finis les rayons demain matin. Ensuite je dois voir mon cancérologue qui n'était pas content que j'aille à Venise et que je rate une séance. À mon avis il ne va pas être content qu'Eugénie soit partie sans lui demander son avis. La semaine prochaine je fais le scanner de contrôle au sujet du résultat définitif qui finalement ne me presse pas. Bien sûr je serai content d'être guéri mais peut-être pas car on sait jamais comment les sentiments peuvent être à l'encontre de soi-même. Pour l'instant je suis seul chez moi et je pleure souvent à cause d'Eugénie. J'aimais bien comment elle me commandait et disait que je devais faire ci ou ça, et moi je le faisais car c'est bien d'avoir quelqu'un qui vous dit ce qu'il faut faire et qui vous aime bien. Une épouse pour la vie ça doit être comme ça à toujours dire qu'il faut faire ci ou ça, enfin c'est ce que René dit mais aussi Rémi, et aussi d'ailleurs Paul et Daniel, en fait je ne connais pas un homme marié qui ne se plaint pas de son épouse pour la vie, passé un certain âge qui peut être 40 ou 42 ans. C'est vrai que ça ne doit pas être toujours facile d'avoir une épouse pour la vie tous les jours. Au Café des Sports, ils sont tous à s'en plaindre beaucoup sauf ceux qui n'en ont pas et qui aimeraient en avoir une. Mais vous bien sûr c'est différent et je suis sûr que votre mari sera toujours content de vous avoir quand il aura 42 ans et même 44 ans.

Je suis à l'hôpital le mardi et chez moi les autres jours et je peux évidemment venir à la sortie de votre travail pour vous éviter les trajets et vous voir quelques minutes si ça vous fait plaisir autant qu'à moi-même.

Dans l'attente de savoir ce que vous voulez que je fasse ou que je ne fasse pas, je vous prie de croire, très chère Anna K, à la respectueuse affection de mes gènes les meilleurs.

Barthélémy P.

Compte rendu du groupe de parole n° 30 du 25.08.2013 :

Séverine Chaudron, psychologue diplômée de l'École de Brive.

Étaient présents :
Daniel Frogier, Rémi Labarthe, Barthélémy Parpot, Solange Raynac, Antoine Cabressac, le colonel Lequenec, Paul Zuberski

Arrivée – départ :
Annonce du décès de René Daugier
Annonce du décès d'Eugénie de Saint-Mont
On accueille Hervé Lequenec, bel homme de cinquante ans, qui est colonel à la retraite. Il souhaite qu'on l'appelle « mon colonel ».

Tour de table :
Semaine pénible avec deux décès annoncés dans le groupe.
Antoine Cabressac donne son bulletin de santé, je lui fais gentiment remarquer que prendre la parole ne consiste pas à lire un rapport médical, fût-ce le sien. Il me réplique que dans la banque on s'exprime au travers de ce genre de reporting.
Le colonel explique qu'il a fait partie des commandos d'intervention et que dans l'armée on sait se tenir. Il veut savoir s'il y a des gars avec le truc de la prostate. Rémi lui demande « vous voulez dire le cancer de la prostate ? » L'autre se raidit et approuve. Paul explique

qu'il y avait récemment Yves Resseguier, un jeune type sympa, qui s'en est sorti mais qui ne peut plus baiser. Le colonel dit que c'est une question de volonté. Rémi ricane et dit que c'est plus facile de faire le branquignole au Tchad que de mettre en déroute des cellules dissidentes. Paul qui est un homme très subtil et qui semble peu apprécier le colonel, ajoute qu'Yves Resseguier est devenu homosexuel et qu'il se fait mettre tous les vendredis soirs par les tarlouses qui tapinent à Marengo. Le colonel dit que c'est honteux et tout le monde rigole ce qui détend l'atmosphère.

Parpot dit qu'il est très malheureux de la disparition d'Eugénie. Antoine Cabressac demande si c'est survenu d'un coup. Parpot dit que oui et se met à pleurer. Le colonel dit qu'il faut avoir de la tenue, qu'on n'est pas des gonzesses, ce à quoi Parpot répond que ça n'a rien à voir.

<u>*Le débat du jour est « les dernières volontés »*</u>

C'est le groupe qui impose son sujet de discussion ce qui me semble être une bonne chose. J'avais personnellement préparé la thématique « Cancer, l'exemple des people », mais je l'utiliserai lors d'une prochaine rencontre.

Rémi prend la parole pour dire qu'on pourrait débattre sur les dernières volontés en hommage à son ami René qui est mort dans la semaine suite au blocage des fonctions rénales et à deux jours de coma. Accord général. Seul le colonel n'est pas d'accord. Il aurait voulu débattre de l'application des pratiques des commandos parachutistes à la lutte contre le cancer. Je lui propose de traiter ce thème lors de la prochaine réunion. Paul précise qu'il a été objecteur de conscience.

Rémi explique que René lui a montré sur internet le site gratuit « Mesdernièresvolontés.com » sur lequel il suffit de donner les adresses mail des personnes à qui on veut s'adresser, ainsi que le texte de ses dernières volontés qui peut évidemment différer d'un correspondant à l'autre. Ensuite quand on est mort, le site est connecté au serveur national des décès, et il envoie automatiquement, deux ou trois semaines après, les messages. Tout le monde trouve ça très intéressant. Rémi dit qu'on peut aussi envoyer de simples messages d'adieu sans dernières volontés, par exemple aux femmes qu'on a aimées. Le colonel dit avec fierté qu'en ce qui le concerne, ça va faire beaucoup d'envois, ce à quoi Solange réplique qu'il ne faut envoyer des messages qu'à celles à qui on a laissé un souvenir et que pour les prostituées et les jeunes Africaines qu'on a sautées de force, ce n'est pas la peine.

Il y a un silence assez lourd et je lance un tour de table pour savoir si certains ont des dernières volontés qu'ils souhaiteraient transmettre et s'ils ont pris les dispositions idoines. À l'exception de Paul et d'Antoine qui ont visiblement tout organisé, les autres disent ne pas y avoir pensé. Solange réagit pour dire que c'est un sujet à la noix car s'ils sont certes malades, ils sont là pour s'en sortir et pas pour préparer leurs obsèques ! Daniel l'approuve ainsi que Rémi. La fin de la réunion est plus conviviale, tout le monde rigole, sauf le colonel, en pensant que René a encore réussi, même en étant absent, à plomber la réunion.

Faits marquants et/ou signifiants :

Barthélémy qui est habituellement si bavard n'est pas intervenu dans le débat. Il semble très affecté par la disparition de la comtesse dont il n'a pas voulu parler. L'intégration du colonel ne va pas aller de soi. Malgré son attitude par moments obséquieuse, on sent un caractère rigide, voire borné, qui s'adapte mal à l'esprit du présent groupe.

ADMD Midi-Pyrénées
3 rue Boulbonne
31000 Toulouse

Toulouse le 27 août

De la part de la Vice-Présidente Sylviane Rey,
À l'attention de Barthélémy Parpot

Cher Monsieur,

J'ai lu avec une extrême attention votre courrier, et je veux vous exprimer toute ma sympathie pour votre chagrin et votre peine d'avoir perdu une amie si chère.

Permettez-moi de vous dire que vous avez bien agi. De manière humaine et juste. Avec courage et dignité. J'aimerais avoir un ami tel que vous qui, au moment ultime, me tende ce verre plein de compassion et de dévouement.

Vous comprendrez que je ne puis écrire davantage, mais je passerai vous voir bientôt. Je vous le promets. Dormez en paix.

Bien à vous,

Sylviane Rey

Barthélémy Parpot
27 rue Bayard (sauf le mardi)
31000 Toulouse

À Madame Anna Klodzineski
Laboratoire d'oncologie – GK Corp.
Parc Scientifique Jean Jaurès
31130 Balma cedex

Toulouse le 28 août 2013

Très très chère Anna K,

J'ai une mauvaise nouvelle, on est plus que 29 854 à attendre la molécule car René mon voisin qui savait tout sur le cancer en est mort la semaine dernière. Comme quoi à trop savoir de choses on finit par les attraper. Moi je vais demain au scanner pour voir s'il reste des mégastases quelque part ou si je suis à peu près guéri pour le moment même si ça ne doit pas durer. De toute façon personne ne doit durer éternellement et c'est tant mieux. Il n'empêche que René et Eugénie me manquent beaucoup. René me disait toujours des choses de Google, il savait tout sur tout et il ne supportait pas qu'on lui rétorque le contraire. Moi comme je n'avais pas d'avis et que je l'écoutais avec attention, il m'aimait bien. Je crois qu'on est aussi malheureux de perdre quelqu'un qu'on aime que de perdre quelqu'un qui vous aime. Évidemment quand c'est les deux en même temps, c'est encore plus dur. Comme avec sa maman par exemple.

Le grand sujet de René, c'était de savoir ce qu'il y avait après la mort. Il disait qu'au moment de mourir on voit une lumière blanche éblouissante et aussi que l'âme flotte et se balade dans la pièce au-dessus de notre corps et même dans le couloir. Tous les témoignages des morts qui ne sont finalement pas morts disent la même chose.

Il paraît que ce n'est pas un mauvais moment, seulement on ne sait pas comment c'est juste après, je veux dire quand la lumière blanche s'éteint. On ne sait pas si l'âme qui est au plafond s'évapore ou s'écrase par terre comme une crêpe, ou encore si elle s'éparpille comme les étincelles d'un feu d'artifice. Et puis surtout on ne sait pas si derrière la lumière blanche, il y a le bon Dieu qui vous sonne les cloches parce que vous n'avez pas cru en lui. S'il y est, il ne va pas falloir raisonner ni faire les malins surtout s'il a tout noté sur la paume de sa main et rien oublié.

L'aumônière Marie-Pierre qui est très intelligente dit que la théologie et les textes doivent être lus plus finement et que l'idée de Dieu est je ne sais plus quoi car c'est très compliqué ces affaires-là. Il n'empêche que c'est des mots pour se rassurer, et que même les grands imams ont la trouille de savoir s'il y est ou pas et ce qu'il va nous demander. Et même Nietzsche qui a dit que Dieu était mort, il n'a pas dû faire le fiérot au moment de mourir. René m'avait dit que ce monsieur Nietzsche tremblait déjà devant sa sœur alors je ne vous dis pas ce que ça a dû être devant le grand Rancunier. Mais c'est une autre histoire que je ne connais pas, c'est juste les mots de ce pauvre René qui sait maintenant ce qu'il en est.

D'ailleurs je me demandais si vous qui êtes chercheuse, vous savez par hasard ce qu'il y a après la mort ou si vous avez une idée plus précise, à moins que vous demandiez à l'un de vos collègues car vous ne pouvez pas être au four et au moulin et chercher en même temps des deux côtés de la frontière. Mais peut-être que vous n'avez pas le droit de le dire.

Je vous prie de bien vouloir recevoir, très très chère Anna K, l'assurance que mes meilleures pensées se tourneront vers vous au moment de la lumière blanche.

Barthélémy P.

CRAC
Centre Régional Anti-Cancer
Unité de Radiologie
Service UP 108

Barthélémy Parpot
15906-34032-027-96
Dossier AG-605-M-178

30 août 2013

COMPTE RENDU SCANNER

L'imagerie thoraco-abdomino-pelvienne ne met en évidence aucune anomalie visible à tous les étages examinés.
Le moignon de gastrectomie ne présente pas de signes suspects.
Aucune adénopathie d'apparence pathologique.

Barthélémy Parpot
27 rue Bayard
31000 Toulouse

M. Michel-Jean Bourdieu
Cancérologue
Hôpital de Rangueil
31078 Toulouse cedex

Toulouse le 5 septembre 2013

Cher Monsieur mon cancérologue,

Vous m'avez dit ce matin que j'étais guéri et qu'il n'y avait plus de traces détectables au scanner que vous m'avez fait passer par sécurité et par acquit de conscience comme vous dites.

Je suis bien content mais j'aimerais mieux avoir un mot écrit de votre main pour me le dire officiellement. Il faudra bien expliquer que j'ai eu le cancer et que je m'en suis sorti vivant ce qui n'arrive pas à tout le monde, on le sait bien. Ce sera un peu comme si une fois dans ma vie j'avais réussi un examen. Je sais que vous êtes très occupé et que vous n'écrivez à personne mais peut-être que vous pourriez m'écrire que je suis guéri pour rattraper toutes les fois où vous m'avez fait comprendre que j'étais condamné en regardant ailleurs par la fenêtre ou le plafond. Ce serait gentil de votre part et vous n'imaginez pas comme je serais fier de montrer votre lettre à mes amis du Café des Sports et aussi à la Sécurité sociale qui sera contente de voir qu'elle n'a pas jeté l'argent par les fenêtres et qui mettra une photocopie de votre lettre dans votre dossier ce qui est bon pour l'avancement j'en suis sûr.

Dans l'attente de la preuve de ma guérison miraculeuse écrite de votre propre main, mon estomac et moi-même vous prions d'agréer, cher Monsieur mon cancérologue, l'expression de notre grande considération.

Barthélémy Parpot

Barthélémy Parpot
27 rue Bayard
31000 Toulouse

À Madame Anna Klodzineski
Laboratoire d'oncologie – GK Corp.
Parc Scientifique Jean Jaurès
31130 Balma cedex

Toulouse le 6 septembre 2013

Ma très chère Sainte Anna K,

Je suis guéri. Je dois juste faire les papiers de sortie et ce sera fini jusqu'à ce que ça recommence. Je sais que c'est grâce à vous que j'ai guéri même si vous n'avez pas trouvé la molécule vu que le moral est la moitié de la guérison et que mon moral vous doit ma bonne humeur.

Je crois quand même que je vais un peu regretter les chimios avec les gentilles infirmières à l'hôpital qui vont et viennent la nuit. C'est un spectacle émouvant pour les gens qui n'ont jamais eu personne chez eux la nuit. Je ne vais plus pouvoir bavarder avec Sylviane et Marie-Pierre, ni participer au groupe de parole. J'y suis allé hier pour leur dire que j'étais guéri et que je ne reviendrais plus. Ils m'ont tous regardé avec de l'envie dans le regard qui m'a fait froid dans le dos car c'est bien la première fois de ma vie que je fais envie. D'habitude on me regarde plutôt avec mépris même si je fais celui qui ne s'en rend pas compte. Et puis au milieu de tous ces gens qui me félicitaient et qui me serraient dans les bras comme si j'étais une relique de saint Pérégrin qui allait leur porter chance, à un moment j'ai eu un pincement au cœur comme une déception. Comme si je regrettais d'être guéri et de devoir perdre tous mes amis. Il faut que je m'y fasse, et puis Séverine m'a dit qu'il existait une cellule de soutien psychologique pour les gens qui rentrent chez eux dans la vie normale après une longue maladie. Je vais demander à madame Annette si la Sainte Sécurité sociale pourrait me prendre en charge comme elle l'a toujours fait avec beaucoup d'empressement et de gentillesse.

J'aimerais bien continuer à vous écrire de temps en temps et rester encore un peu votre objet de recherche surtout si vous voulez étudier la récidive. Avec la chance que j'ai jamais, la récidive devrait me tomber dessus rapidement et je pense que vous auriez intérêt à me suivre de très près. Surtout que vous pourriez ainsi observer le moment précis où ça se dégrade à nouveau ce qui peut être intéressant pour la recherche théorique et les discussions que vous avez avec le professeur Gaskins du MIT des USA. Enfin vous ferez bien sûr comme bon vous semble.

Dans l'attente de ma prochaine récidive, je vous prie de recevoir, très chère Sainte Anna K, l'expression de ma respectueuse rémission.

Barthélémy P.

Direction des Affaires Juridiques
Service des contentieux
Hôpital Rangueil
31078 Toulouse cedex

Barthélémy Parpot
27 rue Bayard
31000 Toulouse

Affaire 34-674 : B. Parpot / Professeur M.-J. Bourdieu

Le 12 septembre 2013

Monsieur,

Vous nous avez demandé à deux reprises une lettre certifiant votre guérison écrite de la main du Professeur Bourdieu du service de cancérologie.

Le professeur vous confirme qu'au vu des clichés pris en sa possession, au vu des moyens d'introspection technologique disponibles à l'hôpital au 31.08.2013, aucune image ne révèle d'atteinte de nature cancérigène telle qu'elles ont été récemment codifiées par le texte du 14 avril 2011 et par les décrets publiés au BO du 12.10.2012.

L'état de l'art de la médecine actuelle et la définition floue de la notion de guérison ne permettent pas aux institutions de santé de délivrer des certificats décrétant que quelqu'un, vous-même dans ce cas, est guéri ou malade.

Nous vous prions d'agréer nos salutations distinguées.

Sylvie Boquet
Chef du service Juridique

Barthélémy Parpot
27 rue Bayard
31000 Toulouse

À Madame Anna Klodzineski
Laboratoire d'oncologie – GK Corp.
Parc Scientifique Jean Jaurès
31130 Balma cedex

Toulouse le 3 octobre 2013

Ma très chère Sainte Anna K,

Voilà plusieurs semaines que j'attends un mot de vous mais je comprends que vous êtes très occupée par votre vie et que vous n'avez pas le temps d'écrire les longues lettres que j'aurais aimé lire. Je voulais vous dire que ce sera ma dernière lettre parce que je veux pas vous ennuyer et que je respecte votre vie débordée. D'ailleurs je respecte toujours tout le monde mais surtout les gens qui savent beaucoup de choses comme vous, ils sont toujours humbles et gentils peut-être parce qu'ils se rendent compte de tout ce qui leur reste à apprendre, tandis que ceux qui savent rien et qui croient tout savoir sont stupides et sans cœur. Et puis les gens comme vous, ils écoutent bien les autres quels qu'ils soient parce qu'ils se disent qu'ils peuvent apprendre de partout et de toute part. Alors que les banquiers, les commerçants et les chefs d'entreprise qui s'intéressent surtout à l'argent, n'écoutent rien de ce qu'on leur dit.

Une fois j'ai rencontré un monsieur qui avait cherché des étoiles toute sa vie, c'est comme les molécules mais en plus gros, enfin je crois. Il était ivre à cause de sa femme qui l'avait quitté et qui n'était jamais revenue, et lui il l'avait attendue des mois et des années en buvant un peu chaque soir pour tuer le temps. Il m'avait raconté comment c'était au fond de l'univers où personne n'ira jamais, d'ailleurs on sait même pas si ça existe le fond de l'infini, il y a des choses qui donnent mal à la tête si on y pense… Je vous dis ça parce que lui aussi savait écouter avec attention, comme si je risquais de savoir des choses sur le fond de l'univers que lui n'aurait pas sues, ce qui n'était évidemment pas le cas.

Je me permets de vous rappeler que je suis d'accord pour faire toutes les prises de sang, passer tous les scanners et même avaler des remèdes amers. Je peux aussi essayer vos molécules même pas finies si ça peut vous faire gagner du temps plutôt que de passer par des souris, et je peux vous assurer que rien ne me fera plus plaisir que d'être votre cobaye bien-aimé.

Dans l'attente de ma prochaine récidive, je vous prie d'agréer l'assurance de ma courte rémission.

Barthélémy P.

PS : Il est évident que si vous enlevez le K, j'enlèverai le P.

Madame Anna Klodzineski
Laboratoire d'oncologie – GK Corp.
Parc Scientifique Jean Jaurès
31130 Balma cedex

Barthélémy Parpot
27 rue Bayard
31000 Toulouse

Le 7 octobre 2013

Mon cher Barthélémy,

Réjouissez-vous d'être guéri et ne vous inquiétez pas d'une éventuelle récidive !

Votre rémission va durer longtemps, il suffit de bien vous surveiller et de suivre les recommandations des docteurs pour que votre guérison dure toujours. Et même si un nouveau souci vient à surgir, il y aura forcément d'ici là de nouveaux médicaments pour bloquer votre récidive.

Je vous conseille de prendre contact avec Rosa Radinescu qui anime bénévolement un groupe de soutien aux personnes qui ont traversé l'épreuve du cancer. C'est une femme formidable qui fait un travail remarquable à ce qu'on m'a dit.

Ma vie très occupée et toutes les pistes de recherche que je brûle d'explorer font que je n'aurais sans doute plus l'occasion de venir vous voir ni de vous écrire, mais je vous promets de souvent penser à vous. Restez tel que vous êtes… C'est pour des gens tels que vous qu'il me plaît de travailler et de continuer à me battre.

Bien à vous,

Anna

PS : L'adresse de Rosa Radinescu :

Immeuble Gagarine, 2 avenue de Moscou, 31130 Balma

Barthélémy Parpot
27 rue Bayard
31000 Toulouse

À Madame Anna Klodzineski
Laboratoire d'oncologie – GK Corp.
Parc Scientifique Jean Jaurès
31130 Balma cedex

Toulouse le 15 mai 2013

Ma chère Anna,

Je vous remercie Anna, chère Anna, très chère Anna, d'avoir enlevé le K qui était une gêne entre nous et qui ne s'imposait plus après ce que nous venons de traverser. Je n'arrête pas de répéter Anna, Anna, Anna dans ma petite chambre et aussi quand je descends dans la rue, et même au Café des Sports ce qui intrigue beaucoup les habitués mais je ne dis rien vu que vous êtes mariée et que je ne veux pas que vous ayez des ennuis à cause de moi.

Je comprends que vous n'ayez pas le temps de m'écrire d'autant que j'ai lu qu'il y aura encore plus de nominés l'an prochain et que vous êtes vraiment une sainte de vous consacrer à tous ces gens que vous ne connaissez même pas. Moi je vais continuer à vous écrire mais sans attendre de réponse, juste pour le plaisir de passer du temps avec vous en tout bien tout honneur comme disait la comtesse.

Je vous remercie Anna, Anna, Anna de m'avoir tellement aidé, et je vous prie de bien vouloir accepter mes bises les plus respectueuses.

Barthélémy

PS : Je vais écrire à madame Rosa Radinescu de votre part.

Barthélémy Parpot
27 rue Bayard
31000 Toulouse

Madame Rosa Radinescu
Immeuble Gagarine
2 avenue de Moscou
31130 Balma

Chère Madame,

Je vis modestement dans un petit appartement depuis de nombreuses années grâce au RMI et à mes gentils voisins du dessous. J'ai eu le cancer et j'ai perdu un bout de mon estomac l'an dernier. Depuis je fais attention à ce que je mange ce qui est facile quand on n'a pas beaucoup d'argent pour être tenté.

C'est Anna qui m'a parlé de vous et je me permets de vous écrire parce qu'il paraît que votre association s'occupe bien des gens qui ont eu le cancer comme moi. Je tiens à dire que j'ai jamais bu ni fumé de ma vie, et que c'est pas ma faute si j'ai eu le cancer.

Il paraît que vous faites de belles réunions où l'on peut dire comment on se sent et comment on va s'en sortir tous ensemble et retrouver nos vies habituelles. Dans mon cas je ne suis pas très pressé de retrouver ma vie habituelle qui est un peu triste. J'aimerais autant que la convalescence avec les gens dure le plus longtemps possible. Je suis même prêt à vous servir de témoin vivant si vous avez envie de faire des réunions d'information pour ceux qui vont bientôt avoir le cancer de l'estomac.

Je tiens à dire aussi que je trouve que Rosa Radinescu est un joli nom et que j'aime beaucoup la Roumanie même si je n'y suis jamais allé.

Je suppose que vous ne pouvez pas accepter dans votre appartement tous les malades du département et c'est pour ça que je serais très honoré et très content si vous pouviez me sélectionner parmi les rémissionnés de l'année dont vous vous occupez. Évidemment si toutes les places sont prises, je me contenterai de vous écrire et de lire vos gentilles lettres.

Dans l'attente de votre aimable réponse, je vous prie de bien vouloir recevoir, chère Madame, l'expression de mon espérance empressée.

Barthélémy Parpot

Remerciements

Je remercie Pierre et Dany Chabrat pour leurs précieux conseils, Anna Kruczinski pour ses lumineuses explications et Siddhartha Mukherjee pour son étonnant ouvrage *The Emperor of all Maladies*.

Mise en page par Meta-systems
59100 Roubaix

CET OUVRAGE
A ÉTÉ ACHEVÉ D'IMPRIMER
SUR ROTO-PAGE
PAR L'IMPRIMERIE FLOCH
À MAYENNE EN MARS 2015

N° d'édition : L.01ELJN000619.N001. N° d'impression : 88129
Dépôt légal : mai 2015
Imprimé en France